WUNDERBARE WEIHNACHTEN

Geschichten von Menschen und Tieren

Gesammelt von
Jutta Aurahs

Bibliografische Information der Deutschen Nationalbibliothek:
Die Deutsche Nationalbibliothek verzeichnet diese Publikation
in der Deutschen Nationalbibliografie; detaillierte bibliografische
Daten sind im Internet über http://dnb.d-nb.de abrufbar.

© 2007 Jutta Aurahs
Herstellung und Verlag: Books on Demand GmbH, Norderstedt
ISBN: 978-3-8334-8815-3

Inhaltsverzeichnis

Findus, der Anhalter

Von *Marion Bedi-Visschers*

Ein paar Tage vor dem ersten Advent. Es war wieder einmal sehr spät geworden, ehe ich aus dem Büro kam. Der Himmel war bedeckt, nachtschwarz und mir schien auf dem Weg zum Parkplatz der Geruch von Schnee in der Luft zu liegen. Ich machte mich auf den Weg nach Hause. Wo die ausgebaute, zweispurige Strecke endete, begann die ursprüngliche Fahrbahn, eine kurvenreiche Landstraße bis zum Einödhof, und dann nur noch drei Dörfer! Ich war so müde von der Arbeit, dass ich mich nur mit äußerster Anstrengung auf das Fahren konzentrieren konnte. Zum Glück hatte mein Auto, der treue Klausi, eine gute Kurvenlage und obendrein einen solch sonoren Sound, dass jedes Getier mit gesträubtem Nackenfell auswich, wenn immer wir über die Landstraße donnerten. Aber da: Weiter vor uns war etwas auf der linken Seite der Straße. Mein Fuß wich sofort vom Gas. Innerhalb von Millisekunden erkannte ich die Umrisse einer kleinen Katze und trat in Klausis Bremsen. War die des Wahnsinns? Aus einem Auto geworfen worden? Oder etwa angefahren und vom Schock benommen? Dort würde sie jedenfalls nicht lange sitzen können, denn diese Strecke war auch abends noch recht frequentiert.

Ich schaltete die Warnblinkanlage ein, stieg aus und eilte zu dem Kätzchen hin, das keinerlei Anstalten machte, sich irgendwohin zu bewegen. Ich griff in das weiche Fell, unter dem man die Rippen spüren konnte. Das Tierchen ließ sich widerstandslos hochnehmen. Schon im Dunkeln sah ich schemenhaft, dass mit dem Gesicht etwas nicht stimmte. Vielleicht am Kopf getroffen? Blendendes Scheinwerferlicht kündigte ein entgegenkommendes Fahrzeug an. Der Straßenrand war hier im Dunkeln sicher nicht der beste Platz, um eine kleine Katze zu untersuchen. So hastete ich zu meinem Auto zurück und platzierte das leicht stinkende Kätzchen auf der Fußmatte des Beifahrersitzes. Geschafft!

Wohin jetzt damit? Ich setzte Klausi gleichmäßig in Gang, um von der gefährlichen Straße wegzukommen, und hielt dann am Einödhof. Dort war alles dunkel, also fingerte ich mein Handy aus der Handtasche, um unsere Tierärztin anzurufen, leider ohne Erfolg. Der Kopf des Kätzchens kippte leicht zur Seite, und ich redete ihm gut zu.

„Gleich sind wir zu Hause!" Es war mir immer noch lieber, das Tierchen würde bei mir im Auto sterben als allein auf der Straße.

Ein jämmerliches Miau kam von der Matte des Beifahrersitzes, und ich flötete ein paar aufmunternde Worte in möglichst hohem Tonfall. Klausis sonores Brummen und die Heizung taten ihr Übriges. Das Kätzchen verstummte, bis ich vor unserem Haus eingeparkt hatte. Mein Mann stand schon zur Begrüßung in der Tür, als ich ihn vorwarnte, dass ich ein Unfallopfer dabeihätte.

Praktischerweise hielt er mir bereits eine Kiste entgegen, als ich mit dem Tierchen ins Licht trat.

„Mein Gott, die stinkt ja!", rief mein Mann angewidert aus, und auch ich musste meinen Ekel angesichts des winzigen Frankensteins kontrollieren.

Von wegen Unfallopfer! Katzenschnupfen in Vollendung!

„Mit der können wir nicht ins Haus", beschloss ich schnell, „also ab in die Garage."

Mein Mann brachte heißes Wasser und Latexhandschuhe, nachdem ich mich blitzschnell im Hausflur meines eleganten Kostüms entledigt und mir einen alten Mantel übergezogen hatte. Wir begannen sofort mit der Ersten Hilfe: Diese Verkrustungen auf der Nase mussten weg! Wie sollte das Tier sonst atmen? Aus den blutigen Augen floss Eiter in Intervallen wie Tränentropfen. Zum Glück hatte ich noch antibiotische Augentropfen von Katers vorletztem Streit mit dem Nachbarkater: Damit behandelte ich diese eitrigen Höhlen. Mit einer Spritze flößten wir dem kleinen Wesen lauwarmes Wasser mit etwas Sahne ein, und dieses Martyrium aus Fell und Knochen begann tatsächlich zu schnurren. Es war unglaublich!

Mein Mann brachte eine Wärmflasche, ein Handtuch und Holzwolle und bereitete damit ein Bettchen. Im Abstand von drei bis vier Stunden behandelten und fütterten wir dann weiter. Als ich um sieben Uhr morgens, vollkommen gerädert, in die Garage kam, hatte sich der kleine Frankenstein zum ersten Mal gemütlich eingerollt und schlief laut schnarchend tief und fest. Unendlich beglückt schlich ich zurück in die Küche, um uns Kaffee zu machen. Der würde es trotz allem zur Tierärztin schaffen! Das war jetzt klar.

Nachdem ich unsere verwöhnten vierbeinigen Lieblinge gefüttert und Kaffee getrunken hatte, wurde unser Gast noch einmal einer Säuberungsprozedur unterzogen, bevor er in sein Kistchen gebettet in die Krankenstation unserer Tierärztin umzog. Dabei hatte der kleine Kerl versucht, seine Augen zu öffnen, und ein winziges Dreieck war zwischen Augenlid und der wunden Nickhaut erschienen.

Als ich ihn eine Woche später bei der Tierärztin besuchte, hatte er die Augen geöffnet, trübe und immer noch verschleimt, aber es bestanden gute Aussichten, sein Augenlicht zu retten. Das Fell des Findlings hatte die Ärztin stellenweise abrasiert, da er sich ja, mit Durchfall, Würmern und Katzenschnupfen geplagt, nicht mehr hatte sauber halten können.

Mein kleiner Anhalter erkannte mich sofort und krabbelte schnurrend auf meinen Arm. Die Ärztin schlug vor, den vielleicht vier Monate alten Kater „Findus" zu nennen. Was andere wegwarfen, hatte ich „gefunden" und zum Überleben wieder eingesammelt.

Wäre ich, wie geplant, rechtzeitig von der Arbeit gekommen, dann hätte ich das Katerchen ohnehin verpasst. Aber das Tierchen hatte dort gesessen, just als ich verspätet heimfuhr; ein Anhalter also, der auf mich gewartet hatte – wohl mit dem innigen Wunsch, den jede Seele in Not hegt, nämlich dass ihr geholfen wird.

Das Geschenk der Alten

Von *Eunice Day, Washington, ME*,
übersetzt von *Gudrun Stein*

Wie gewöhnlich machte das junge Paar den schnellen Vorweihnachtsbesuch bei den alten Eltern, die auf einer kleinen Farm mit ihrer kleinen Ziegenherde lebten. Die Farm bekam den Namen *Lone Pine Farm* wegen der riesigen Kiefer, die auf einem Hügel hinter der Farm stand und die durch die Jahre ein Talisman für den alten Mann und seine Frau wurde und ein Merkmal für die Umgebung.

Die alten Leute stellten ihre Ziegen nicht mehr aus, verkauften aber ein bisschen Milch und jährlich ein paar Zicklein. Die Ziegen waren der Grund ihrer Freude am Morgen und der Zufriedenheit am Ende des Tages.

Während der Vorbereitungen zum Abschied konfrontierte das junge Paar die alten Leute unwirsch: „Warum schafft ihr wenigstens Die Alte nicht ab? Sie ist nutzlos und seit Jahren habt ihr weder Nachkommen noch Milch von ihr. Ihr solltet euch einschränken und sparen, wo ihr könnt. Warum behaltet ihr sie überhaupt?"

Der alte Mann schaute nieder auf seinen abgewetzten Stiefel, der über den Scheunenboden streifte. Während er seinen Arm schützend über den Hals Der Alten legte, sie näher an sich heranzog und zart hinter den Ohren kraulte, erwiderte er sanft: „Wir behalten sie aus Liebe, nur aus Liebe."

Verblüfft und irritiert wünschten die jungen Leute den Alten ein frohes Weihnachtsfest und kehrten in der Dunkelheit in die Stadt zurück.

So kam es, dass niemand merkte, wie die brüchigen Kabel an der Isolation schmorten. Keiner sah den ersten Funken. Niemand außer Der Alten. In Minuten stand die Scheune in Flammen. Mit einem Schrei aus Grauen und Verzweiflung rief der alte Mann seiner Frau zu, Hilfe zu holen, und lief schnell zur Scheune, um die geliebten Ziegen zu retten. Aber die Flammen waren nun zu überwältigend und die Hitze trieb ihn zurück. Er sank schluchzend auf den Boden, hilflos vor dem Inferno des Feuers.

Die ankommende Feuerwehr fand nur noch glühende Ruinen vor. Die Alten dankten allen, die kamen, um Hilfe zu leisten. Dann wendete sich der alte Mann seiner Frau zu, legte ihr weißes Haupt an seine Schulter und versuchte unbeholfen mit einem roten Halstuch ihre Tränen zu trocknen.

Gebrochen flüsterte er: „Wir haben viel verloren, aber Gott hat uns an diesem Heiligen Abend unser Heim erhalten. Lass uns auf den Hügel mit der alten Kiefer steigen, wo wir in verzweifelten Zeiten Trost gesucht haben. Wir wollen auf unser Heim schauen und Gott danken, dass es uns erhalten blieb."

Und so, seine Tränen abwischend, nahm er sie an der Hand und half ihr, den schneeigen Hügel zu erklimmen. Als sie über den Kamm des Hügels traten, sahen sie auf und erstarrten in Verwunderung über die unwahrscheinliche Schönheit vor ihnen. Es schien, als ob jeder gloriose brillante Stern des Himmels in den gefrorenen schneeigen Ästen ihrer geliebten Kiefer gefangen war und als ob sie mit himmlischen Kerzen leuchtete. Und oben auf dem höchsten Punkt saß ein glänzender Halbmond wie aus gesponnenem Glas. Kein normaler Sterblicher konnte diesen Weihnachtsbaum erschaffen haben.

Plötzlich schrie der alte Mann in Verwunderung und Freude auf. Er schob seine Frau vor und dort, unter dem Baum, war ihr Weihnachtsgeschenk. Rund um Die Alte, nahe am Baumstamm, lag die ganze Herde in Sicherheit. Beim ersten Anzeichen von Rauch hatte sie mit der Schnauze die Tür aufgeschoben und die Herde durchgelassen. Langsam und mit großer Würde leitete sie alle auf den Hügel, wählerisch durch den Schnee stapfend und niemals zurückblickend. Die Zicklein sprangen verängstigt herum, die unsicheren Jährlinge blickten zurück auf die hungrig knisternden Flammen, zogen die Schwänze ein, leckten sich die Lippen und hopsten wie die Hasen. Die Milchziegen pressten sich nahe an Die Alte, die ruhig auf den Hügel und die Sicherheit unter der Kiefer zumarschierte.

Und nun lag sie zwischen ihnen und blickte in die Gesichter derer, die sie liebte. Ihr Körper war altersgebrechlich, aber die goldenen Augen waren mit Hingabe gefüllt, als sie ihr Nur-aus-Liebe -Geschenk gab.

Ein Weihnachtsgruß

Von *Dagmar Schmidt*

Liebe Safira,

wir wünschen Dir ein wunderschönes Weihnachtsfest im Kreise Deiner Lieben und hoffen, dass Du noch viele solche schöne Stunden erleben kannst. Weißt Du noch, wie es war, Weihnachten vor zwei Jahren? Einige Tage vorher stand ein älteres Ehepaar mit Dir auf dem Arm vor der Tür und erzählte uns, Du hießest Safira, seiest eine vierzehn Jahre alte Perserdame und bei ihnen aufgewachsen. Eine etwas schwierige Katze solltest Du sein, mäkelig im Fressen, und das Kämmen sei sowieso unmöglich. Geschoren worden warst Du immer, vierzehn Jahre lang, unter Vollnarkose, jedes halbe Jahr. Jetzt hätten plötzlich alle beide eine Allergie bekommen und müssten Dich leider abgeben. Die Lüge stand wie ein gefrorener Block zwischen uns in der kalten Dezemberluft.

Du kamst in unser Saunazimmer. Wir hatten schon Notfallplätze eingerichtet – für die Abgabetiere nach Weihnachten. Du musstest mal wunderschönes Fell gehabt haben. Jetzt war es eine einzige Filzplatte. Du konntest kaum laufen, so hat es geziept und gezogen. Wir haben Dir vorsichtig die Fellplatten entfernt – merkwürdig, bei uns ging es ohne Narkose –, und dann sahen wir erst das Ausmaß der Bescherung. Du warst so dünn, dass wir uns wunderten, dass Du noch lebst. Du wolltest nichts essen, egal, was wir versuchten: Rinderhack, Fisch, Crème fraîche, Putenbrustfilet, Katzenfutter schon gar nicht. Wir mussten mit Dir in die Klinik, Du musstest zwangsernährt werden. Die Ärzte hatten Dich aufgegeben, aber wir haben uns geweigert, zu Weihnachten eine Katze ins Regenbogenland zu schicken, und haben Dich wieder mitgenommen. Wir haben Schichten eingeteilt, damit immer jemand bei Dir sein konnte. Und plötzlich wolltest Du Käse-Tabs! Nach einem Tag mit diesen Tabs und in Sahne zerstoßenen Milchdrops hast Du lautstark nach „was Richtigem" verlangt. Das war unser schönstes Weihnachtsgeschenk!

Von da an ging es aufwärts, auch wenn es erst nicht so klang. Zwei Wochen später fuhren wir wieder in die Klinik und haben Dich gründlich durchchecken lassen. Abgabetiere nach so langer gemeinsamer Zeit haben meist einen düsteren Hintergrund. Und tatsächlich: In Deiner Lunge wuchs etwas, was da nicht hingehörte. Operation sinnlos. Trotzdem würde die Behandlung teuer werden, wenn es Dir erst mal schlecht ginge. Das hatten offenbar auch Deine alten Besitzer mitbekommen. Aber es ging Dir nicht schlecht. Es ging Dir immer besser. Du sahst zwar momentan nicht so hübsch aus, benahmst Dich aber schon wieder wie eine Diva. Leider hast Du unseren wundervollen, selbst gehäkelten rosa-grauen Pullover verschmäht, der so gut zu Deinem hellen Kopf und den blauen Augen gepasst hätte. Wir haben die Sauna nur für Dich geheizt, weil Du so eine Zitter-Liesel warst. Als es wärmer wurde, hast Du oben auf der Sauna residiert und Dich in der Wärme der Lampenspots gesonnt. Nur Deine Haare wollten und wollten nicht nachwachsen. Auf die Idee, dass Du sie Dir durch die Hitze der Lampen direkt beim Austritt selbst wieder verkohlst, sind wir erst nicht gekommen. Aber schließlich mussten wir Dir die geliebten Strahler wegnehmen. Immerhin war es ja auch Sommer. Dein Fell spross wie Unkraut. Plötzlich warst

Du wunderwunderschön. Das hast Du auch bemerkt. Du wurdest etwas zickig. Wir mussten Dich den ganzen Morgen durch das Haus tragen, Deine Vorderfüße über unsere Schulter gehängt. Und wehe, wir mussten Dich absetzen! Langsam wurdest Du ein kleines bisschen lästig.

Ein Jahr war vergangen, und dann kam eine Frau. Wir haben uns gewundert, denn solche Frauen finden normalerweise den Weg zu uns nicht. Sie fuhr ein dickes Auto, hatte ein großes Haus und ganz viel Geld. Und sie suchte als Weihnachtsgeschenk für ihren Perserkater eine Katze, die besonders viel mitgemacht hatte. Die Frau und Du, Ihr wart sofort ein Herz und eine Seele. Die Frau hat nicht danach gefragt, ob Du vielleicht nächstes Jahr stirbst, weil Du mittlerweile schon fünfzehn Jahre alt warst, oder ob eine Klinikbehandlung wegen des Tumors Hunderte von Euros kosten würde. Sie hat Dich auf der Stelle mitgenommen. Sie meldet sich regelmäßig bei uns und erzählt uns von Dir, wie glücklich Du aussiehst, wenn Du hoheitsvoll auf dem Kamin sitzt und die Geschäftsrunde beim Abendessen beobachtest.

Bald ist wieder Weihnachten. Fast ein Jahr bist Du schon in Deiner neuen Residenz. Du bist nicht kränklich, Du bist nicht mäkelig, und Du bist nicht zickig. Und kämmen lässt Du Dich außerdem. Wir wünschen Dir viele schöne Geschenke und ein tolles neues Jahr!

Deine Guxhavener Katzenhilfe
Dagmar Schmidt

Die Tanne mit der Post

Von *Vilmos Csernohorszky*

Zwei Wochen vor Frühlingsanfang brachte der Briefträger zur Mittagszeit ein flaches Päckchen. Es war ein Werbegeschenk von einer großen Arzneimittelfirma an Herrn Frank, den Apotheker. Drinnen war etwas, was auf den ersten Blick wie ein Stück Moos aussah, und ein Zettel. Darauf stand deutlich zu lesen: „Viel Spaß mit der neuen Silbertanne aus Kanada!"

„Heiliger Strohsack", entfuhr es Herrn Frank. Aber wenig später ging er, die Kanadische Silbertanne zwischen Zeige- und Mittelfinger haltend, in den Garten hinaus, gefolgt von seiner Frau und den beiden Söhnen Peter und Sebastian. Allen voraus lief Bobby, der junge rote Setter, Liebling der ganzen Familie.

Im Garten gab es noch eine große, freie Fläche. Genau in der Mitte wurde der Platz für den Neuankömmling bestimmt. Herr Frank nahm die kleine Handschaufel, ging in die Knie und machte den ersten Stich in das weiche, grasbedeckte Erdreich. Kaum hatte er das getan, sprang Bobby mit übermütigem Gebell hinzu, stieß mit seiner Nase die Schaufel zur Seite und begann wild zu graben. Im Nu war ein Loch gebuddelt, das den Ansprüchen einer noch nicht einmal handhohen Kanadischen Silbertanne vollauf genügte. Fast eifersüchtig schaute Bobby dann zu, wie die kleine Tanne gepflanzt wurde. Sie musste es ihm angetan haben, denn er wich für einige Stunden nicht mehr von ihrer Seite, lag dort und döste mit glücklicher Miene vor sich hin.

Fünfzehn Jahre später ragte die Tanne weit über das Hausdach hinaus und warf große Schatten über den

Garten. Bobby, auch fünfzehn Jahre alt, hatte ein weißes Kinn und weiße, buschige Augenbrauen und lag immer noch gerne neben der Tanne.

Eines Tages wurde der alte Hund sehr krank.

Der Tierarzt kam ins Haus und sagte: „Krebs. Vielleicht ein halbes Jahr noch."

Es wurde Weihnachten. Die Söhne kamen heim. Aber das Haus und seine Bewohner waren traurig. Bobby wollte so gerne hinaus zu seiner Tanne, aber er durfte nicht, so schwach und gebrechlich war er bereits. So musste er mit einem schönen Adventskranz zufrieden sein, den Frau Frank aus den Zweigen der Silbertanne flocht und auf den Tisch vor dem offenen Kamin legte. Dort lag auch Bobby die meiste Zeit und schnupperte an den Nadelzweigen, die durch die Wärme des Kaminfeuers ihren ganzen Duft entfalteten. Der alte Hund schlief und träumte. Er schien zu lächeln und seine müden, alten Beine bewegten sich in sanften Zuckungen.

Am Heiligen Abend geschah das Unglück. Der Christbaum im Wohnzimmer war schon geschmückt, und die vier Kerzen auf dem Adventskranz brannten. Bobby lag daneben, im Kamin prasselte das Feuer. Eltern und Söhne waren in der Küche und bereiteten das Abendessen vor. Plötzlich hörten sie ein tiefes, lautes Bellen. So bellte früher Bobby, als er noch jung und tatendurstig war.

Alle horchten auf.

„Das kann doch nicht Bobby sein", sagte der Vater.

„Ich hab ihn schon lange nicht mehr bellen hören", meinte die Mutter.

Die Söhne schauten sich an und riefen dann beide gleichzeitig: „Das ist Bobby!", und rannten Richtung Wohnzimmer. „Es brennt, es brennt!", hörten die Eltern im nächsten Augenblick ihr aufgeregtes Rufen, dann kamen sie auch schon in die Küche gestürzt, zerrten die großen Suppentöpfe aus dem Schrank und füllten sie mit Wasser.

Im Wohnzimmer stand der Adventskranz lichterloh in Flammen. Zwei große Töpfe Wasser löschten das Feuer. Bobby schlabberte das vom Tisch tropfende Löschwasser auf, bis man ihn wegzog, aus Angst, er könnte noch kränker werden.

Am nächsten Morgen, dem 25. Dezember, wurde die ganze Familie von lautem, ungestümem Gebell aufgeweckt. Und von einer nassen, warmen Zunge. Bobby lief von Schlafzimmer zu Schlafzimmer, vom einen zum anderen, und gab keine Ruhe.

Fassungslos saß die Familie um den Frühstückstisch und starrte auf den alten Hund, der völlig aus dem Häuschen war, die Eltern und die Söhne abwechselnd mit der Nase anstieß und an seiner Leine zerrte, die an der Wand hing.

„Was um Himmels willen ist mit ihm geschehen? So lebhaft war er ja schon seit Jahren nicht mehr."

War das das letzte Aufbäumen eines kranken Hundes, bevor es mit ihm zu Ende ging?

Bobbys gute Laune hielt tagelang an. Die Söhne machten mit ihm wieder die langen Spaziergänge entlang der Donau, und Bobby tollte wieder durch den tiefen Schnee. Er sprang nach Schneebällen, die ihm zugeworfen wurden, und zerkaute sie, den Kopf zur Seite geneigt, während er die Söhne schelmisch ansah, als wollte er ihnen sagen: „Wer sagt's denn? Wir sind immer noch zusammen, ein tolles Team!"

Als die Söhne abreisten, um mit ihren Freunden Silvester zu feiern, wurde Bobby allmählich langsamer, müder, unsicherer, bis er schließlich vollends wieder in

Teilnahmslosigkeit verfiel. Herr und Frau Frank saßen abends im Zimmer, während Bobby am Kaminfeuer schlief.

„Das arme Tier", sagte Frau Frank, „lange macht er's jetzt nicht mehr."

Und ihr Mann seufzte: „Wenn ich nur wüsste, was ihn kürzlich so auf die Beine gebracht hat."

„Hol ihm doch wenigstens ein paar Zweige von der Silbertanne, er mag die doch so gerne", meinte Frau Frank.

Ihr Mann schaute sie an, hob die Augenbrauen, verzog leicht den Mann und stand auf. „Warum nicht", erwiderte er.

Als er die Zweige vor die Nase des schlafenden Hundes legte, öffnete der sofort die Augen.

„Nanu", murmelte Herr Frank.

„Du", sagte seine Frau und ergriff seine Hand, „weißt du noch, wie er am Heiligen Abend vom Löschwasser getrunken hat?"

Die beiden blickten sich an, so drei, vier Sekunden lang, dann schauten sie wieder auf den wach gewordenen Hund, den sie so sehr liebten, drehten sich um und eilten, Hand in Hand, in die Küche. Sie füllte den kleinen Wasserkessel, während er den Herd einschaltete und dann wieder in den Garten hinausging, um noch mehr Zweige zu holen.

Als das Wasser kochte, gossen sie es auf die Tannenzweige und ließen es zehn Minuten ziehen, wie man das mit Kräutertees macht. Sie stellen den Sud direkt vor Bobbys Nase. Der schnüffelte gierig, stemmte sich auf seine wackeligen Vorderbeine hoch und schlabberte vielleicht zehn Hundezungen voll. Dann sank er zurück, streckte sich aus und schlief ein.

Am nächsten Morgen lagen Herr und Frau Frank schon um sechs Uhr hellwach in ihrem Bett im ersten Stock des Hauses und warteten. Ab und zu schauten sie sich mit bangen Gesichtern an. Es war mucksmäuschenstill im Haus, nur der große Wecker auf dem Nachttisch tickte vor sich hin. Sechs Uhr dreißig. Es war Sonntag. Die Kleinstadt um sie herum schlief noch. Sechs Uhr fünfundvierzig. Kein Laut. Herr Frank atmete tief durch. Punkt sieben ein Geräusch aus dem Erdgeschoss. Bobbys lange Zehennägel klapperten auf dem Küchenbogen. Dann klopften sie hastig die Treppe hoch. Schließlich war er oben, rannte wild ins Schlafzimmer, sprang aufs Bett und schleckte den beiden die Gesichter ab.

Der Tierarzt war ratlos, fassungslos und etwas neidisch: „Über die Wirkung eines aus Kanadischer Silbertanne gewonnenen Sudes auf einen männlichen Setter von fünfzehn Jahren mit fortgeschrittener Metastasenbildung ist nichts bekannt. Aber möglich ist vieles."

Zwei Jahre lebte Bobby noch. Jeden Sonntagmorgen ein Napf mit Tannensud. Zwei Weihnachten mehr. Noch viele Spaziergänge an der Donau. Noch viele Schneebälle und noch viel Lachen. Silbertanne mit der Post.

Ausgesetzt

Von *Gisela Kleinschmidt*

Er fiel uns das erste Mal auf, als wir von einem Strand-spaziergang zurückkehrten. Wir waren auf dem Weg zu dem Ferienhaus, in dem wir schon seit Jahren unseren Weihnachtsurlaub verbrachten. Und er saß einfach da und wartete. Unser Yorkshireterrier gebärdete sich wie wild. Er kläffte und tobte, wie er es bei jedem größeren Hund tat, der in seine Nähe kam.

Der Hund, ein schmutziger, verfilzter dreifarbiger Rough Collie. Sah uns nur kurz an, als wir mit unserem tobenden, geifernden Zwerg an ihm vorübergingen. Et-was an diesem fremden Tier zog meine Aufmerksamkeit an. Es war die Art, wie er dort saß. Er machte nicht den selbstsicheren Eindruck eines Hundes, den man irgendwo absitzen und warten lässt. Seine Augen wanderten ruhe-los und unsicher umher. Ich konnte mich eines unguten Gefühles nicht erwehren.

Etwa eine Stunde später, als die Kinder spielten und mein Mann die spärlichen Sonnenstrahlen genoss, ging ich, um noch einmal nach dem Hund zu sehen. Er lief suchend umher. Jedes vorbeifahrende Auto schien ihn zu interessieren. Sobald ein Wagen heranfuhr, blickte er ihm mit gespannter Aufmerksamkeit entgegen und sackte in sich zusammen, wenn das Auto dann acht-los an ihm vorbeifuhr. Passanten, die Annäherungsver-suche unternahmen, veranlassten den Hund dagegen zu wilden Fluchten. Er stürzte sich mit eingezogenem Schwanz durch die dichten Rosenhecken am Weges-rand.

„Ausgesetzt!", schoss es mir durch den Kopf. „Irgendjemand muss ihn einfach aus dem Auto geworfen haben!" Mein Herz zog sich zusammen, als ich plötzlich so klar erkannte, was hier geschehen war.

Entschlossen ging ich nach Hause, um Futter für den Hund zu holen.

„Na großartig", knurrte mein Mann, „warum musst immer du so was finden?" In seiner Erinnerung tauchte wohl die ganze Reihe der Katzen, Vögel und Hunde, bis hin zu dem vierjährigen Kind, auf, die ich alle in mehr oder weniger verzwickten Lebenslagen „aufgegriffen" hatte. „Geh nur und kümmere dich um den armen Kerl", forderte er mich dann lächelnd auf, als er mein zerknirschtes Gesicht sah, „sonst hast du ja doch keine Ruhe."

Der Hund saß noch immer an der gleichen Stelle und wartete. Ängstlich misstrauisch schaute er mir entgegen. Schon setzte er zur Flucht an, als ich die raschelnde Tüte mit dem Futter aus der Tasche zog. Er wich zwei, drei Schritte zurück, aber ließ die Tüte nicht mehr aus den Augen. Ich holte ein paar Brocken heraus, legte sie dem Hund hin und zog mich etwas zurück. So nahm er das Futter tatsächlich an. Wieder und wieder gab ich ihm so eine kleine Portion, und als die Tüte leer war und ich mich zum Gehen wandte, kam er vorsichtig und sehr langsam ein kleines Stück hinter mir her. So konnte er sehen, wohin ich ging. Seine Augen folgten mir, bis ich die Haustür schloss. Den Rest des Nachmittags lungerte er in der Nähe unseres Hauses herum. Nach wie vor beobachtete er die Straße und alle vorbeifahrenden Autos, aber nach jeder Flucht vor Menschen kam er zurück, und mehrere Male sah ich ihn zu uns herüberblicken.

Am Spätnachmittag fütterte ich ihn noch einmal. Er lief nicht mehr davon, traute sich sogar Futter aus der

Hand zu nehmen. Berühren ließ er sich aber auch jetzt nicht.

Nach dem Abendessen, als mein Mann noch eine Runde mit unserem Vierbeiner machte, harrte der fremde Hund immer noch an der Straße aus. Ich sah, wie sich unser Yorkie gemütlich auf seiner Decke zusammenrollte, und griff mir eine zweite. Als ich das Haus verließ, war ich froh, eine warme Jacke zu haben. Ein eisiger Wind fegte durch die kleine Siedlung. Der Hund sprang auf, als ich näher kam.

„Na, mein Schöner?", schmeichelte ich ihm. „Sieh mal, was ich dir bringe. Du kannst doch nicht auf dem blanken Boden liegen, ist ja viel zu kalt. Schau her, eine Decke, ich leg sie dir hin."

Der Hund sah mich mit aufmerksam aufgestellten Ohren an. Ja, er blickte zwischen mir und der ausgebreiteten Decke hin und her. Und dann geschah es. Der Hund brach mit einem seltsamen klagenden Laut zusammen, drückte sich an den Boden und kroch dann, die Augen voller Verzweiflung fest auf mich geheftet, der Decke und mir entgegen. Ich ging auf die Knie. Der Hund schob sich winselnd heran, um mir endlich den schmalen Kopf in den Schoß zu legen. Mir traten die Tränen in die Augen, und ich weinte mit ihm und tröstete und streichelte ihn. Ich hielt und wiegte den Hund, wie ich meine Kinder beruhigte, wenn ihnen etwas Schlechtes widerfahren war. So wurde der Hund langsam still. Als ich mich aufrichtete, sah er mich zum ersten Mal mit ruhigen, vertrauensvollen Augen an.

„Komm", sagte ich zu ihm, „wir gehen."

Und er ging mit mir, als wäre es schon immer so gewesen.

Wirklich clever, dieser Weihnachtsmann

Von *Charlotte Link*

Ich wußte natürlich von Anfang an, daß das ganze Haus über mich herziehen würde, wenn Susanne auf meine Anordnung hin den Hund fortschaffen müßte. „Das nette junge Mädchen", würde es heißen, und „der süße, arme Hund!" Und außerdem war Adventszeit, da sind die Leute dreimal so sentimental. Dabei hätten sie sich mit ein bißchen kühlem Verstand sagen müssen, daß ich recht hatte: Machen denn Hunde noch etwas anderes als Lärm? Und Schmutz? Und das ist in den Wochen vor Weihnachten weiß Gott nicht anders als sonst. Im Gegenteil, ich sah sie schon, die Schneespuren im Treppenhaus. In meinem Treppenhaus! Denn ich bin der Besitzer – und damit verantwortlich dafür, daß hier alles seinen geordneten Gang geht.

Susanne, das Mädchen aus dem dritten Stock, hatte die kleine braune Hündin aus Spanien mitgebracht. Maroussia hatte am Rand einer staubigen Landstraße gelegen, mit zwei gebrochenen Beinen und zum Skelett abgemagert. Natürlich, so eine Geschichte geht einem schon nahe, und ich finde es ja auch in Ordnung, daß Susanne dieses arme Bündel Haut und Knochen aufgesammelt und mitgebracht hat. Aber warum soll es jetzt in meinem Haus leben?

Wozu gibt es Tierheime?

„Heute ist der dritte Advent", sagte ich zu Susanne, „bis zum vierten haben Sie Zeit, diesem Hund ein neues Zuhause zu suchen. Es tut mir leid, aber hier ist Tierhaltung nun einmal verboten. Ich kann da keine Ausnahme machen."

Susanne erwiderte nichts, aber sie sah mich lange und eindringlich an. Es war wie verhext; sie und der spanische Hund hatten dieselben tiefdunklen, maurischen Augen.

„Also", murmelte ich, „eine Woche. Das müßte reichen."

Sämtliche Familien im Haus nahmen lebhaften Anteil an Susannes Versuchen, für Maroussia einen neuen Platz zu finden. Ich selbst mußte mir immer wieder die neuesten Geschichten anhören; meine Kinder erzählten sie mir, und jeder Mieter, der ich im Aufzug oder im Gang traf, berichtete mir sofort aufgeregt von Susannes und Maroussias Abenteuern.

Also – das mit dem Tierheim war schiefgegangen. Susanne hatte den Hund abgeliefert, war auch noch irgendwie zu ihrem Auto zurückgelangt, hatte es aber dort – offenbar inzwischen blind vor Tränen – nicht mehr über sich gebracht, alleine nach Hause zu fahren. Und so kehrte sie schnurstracks um, holte Maroussia aus dem Käfig und kreuzte hier wieder mit ihr auf. Da die Frist noch nicht abgelaufen war, sagte ich nichts. Fairneß muß sein.

Der nächste Anlauf war eine Annonce in der Zeitung. „Kleine braune Hündin sucht neues Zuhause ..." Meine jüngste Tochter, die gerade erst lesen gelernt hatte, las mir den Text beim Frühstück stockend und fehlerhaft, aber erbarmungslos von Anfang bis Ende vor. Alle drei Kinder sahen mich an, als hätten sie einen Schwerkriminellen vor sich.

„Jetzt werden sich bald liebe, nette Menschen für die liebe, nette Maroussia finden", sagte ich munter.

Keines der Kinder antwortete. Meine Tochter stand auf und verließ schweigend das Zimmer. Im Radio spielten sie „Oh, du fröhliche ..."

Wie man sich so im Haus erzählte, hatte die Annonce eine durchschlagende Wirkung, allerdings nur insofern, als Abend für Abend wildfremde Menschen zu Susanne in die Wohnung stolperten, einen kurzen Blick auf den Hund warfen und im übrigen dies alles als eine Art Einladung ansahen, den Abend in angeregter Unterhaltung mit einer hübschen jungen Frau zu verbringen. Ganze Familien erschienen, Ehepaare, einsame Männer – aber keiner, soweit ich das durch meinen Türspion erkennen konnte, verließ das Haus mit einem Hund an der Leine.

„Es wird einfach keiner gut genug sein", meinte ich zu meiner Frau, „wahrscheinlich sucht sie ein Fürstenschloß für diese Maroussia."

„Ach was, es ist so, daß niemand diesen armen spanischen Hund will", entgegnete meine Frau und warf mir einen anklagenden Blick zu.

Ich fühlte mich langsam verfolgt. Gab es denn niemanden, der Verständnis für meine Gründe hatte?

In unserem Haus lebte ein alter Mann, und der nahm besonderen Anteil am Schicksal von Susanne und Maroussia. Jeden Tag kaufte er eine Dose Hundefutter, die er vor Susannes Wohnungstür abstellte. Alle im Haus liebten diesen alten Mann, besonders die Kinder, denn einmal im Jahr, am vierten Advent, verkleidete er sich als Weihnachtsmann und zog in einem roten Mantel und mit einer roten Mütze auf dem Kopf von Wohnung zu Wohnung und verteilte kleine Geschenke an die Kinder. Eine nette Idee, das mußte ich ja zugeben, aber ich glaube, ich war immer ein bißchen eifersüchtig, wenn meine Kinder voller Begeisterung von ihm sprachen. Oder mit Problemen zu ihm statt zu mir gingen.

So wie mit der Katze.

Die Katze tauchte zwei Tage vor dem vierten Advent in unserem Vorgarten auf, genauer gesagt, direkt unter unserem Wohnzimmerfenster. Ein mageres Tier mit struppigem Fell und entzündeten Augen. Offenbar hatte sie keinen Besitzer, aber warum, um alles in der Welt, mußte sie gerade zu uns kommen? Sie saß den ganzen Tag auf dem Fensterbrett, eng an die Glasscheibe gepreßt, und maunzte. Maunzte zum Gotterbarmen. Ihr spitzes Gesicht hob sich als helles Dreieck von der frühen winterlichen Dämmerung ab. Überflüssig zu sagen, daß meine Kinder auf der anderen Seite des Fensters klebten und fast genauso anhaltend und herzzerreißend jammerten wie die Katze.

„Kommt, wir zünden die Kerzen am Adventskranz an", versuchte ich sie abzulenken. Das war für gewöhnlich die Sensation. Nicht so heute.

„Wir haben schon den Weihnachtsmann um Hilfe gefragt", sagte meine Tochter.

Ich seufzte. „Das ist kein Weihnachtsmann. Das ist ein ganz normaler Mann! Nur weil er einmal im Jahr ..."

„Er sagt, er kann die Katze nicht zu sich nehmen", fuhr meine Tochter ungerührt fort, „weil du das hier im Haus verboten hast. Warum hast du es verboten?"

Ich fragte mich, womit ich es verdient hatte, in so unangenehme Grundsatzdiskussionen verwickelt zu werden. Statt einer Antwort zog ich rasch die Vorhänge zu, um das Katzengesicht draußen nicht mehr sehen zu müssen. „Wir singen jetzt Weihnachtslieder!" bestimmte ich.

Der Gesang fiel mager aus. Immer wieder brach eines der Kinder ab, lauschte nach draußen und fragte die anderen: „Schreit sie noch?" Und dann lauschten sie alle, und tatsächlich, zart wie das Läuten einer kleinen silbernen Glocke klang die Stimme der Katze von draußen herein.

In der Nacht hatte es geschneit. Im Laufe des Tages wurde es immer kälter, als leuchtendroter Ball hing die Sonne am fahlen Winterhimmel.

Ich traf Susanne und Maroussia an der Haustür. Der Hund wedelte vergnügt mit dem Schwanz, Susanne aber sah blaß und übernächtigt aus. Sie grüßte mich mit leiser Stimme.

„Na, jetzt sagen Sie nur, es hat sich immer noch niemand für diesen hübschen Hund gefunden?"

„Niemand", entgegnete Susanne.

Ich schüttelte den Kopf. „Aber es kommen doch ständig Interessenten?"

„Ja, aber die meisten suchen einen reinrassigen Hund. Oder sie suchen gar keinen, sondern wollen nur einmal in eine andere Wohnung hineinschauen, jemanden kennenlernen. Einer wollte sich sogar Geld pumpen. Ja, und …", sie schaute mich nicht an, sondern blickte an mir vorbei zum Horizont, wo die Sonne hinter den Bäumen unterging, „morgen ist der vierte Advent …"

Die Katze miaute den ganzen Abend vor unserem Fenster. Allmählich gewann ich den Eindruck, daß sich sämtliche leidenden Kreaturen dieser Erde ausgerechnet in meinem Haus versammelten.

„Warum geht sie nicht woanders hin?" fragte ich gereizt.

Wir saßen alle vor dem Kamin, blickten in die Flammen und lauschten auf das Knistern der brennenden Holzscheite. Das heißt, wir hätten gerne gelauscht. Meist aber war die Stimme der Katze lauter.

Niemand antwortete auf meine Frage.

„Morgen kommt der Weihnachtsmann", wechselte ich das Thema.

Es antwortete immer noch niemand. Aha, jetzt wurde ich also geschnitten. Noch ein paar Tage, und meine Widerstände würden erlahmen. Ich beschloß, früh schlafen zu gehen. Eine tolle Adventszeit dieses Jahr, wirklich!

Der Weihnachtsmann kam tatsächlich am nächsten Tag. Er hatte sich einen langen weißen Bart angeklebt, und seine himmelblauen Augen blitzten. Für die Kinder kramte er Schokoladennikoläuse hervor, Strohsterne und Glaskugeln, in denen es schneite, wenn man sie schüttelte. Dann sah er sie der Reihe nach an.

„Was wünscht ihr euch denn vom Christkind?" fragte er.

Die Antwort kam wie aus der Pistole geschossen, und noch dazu im Chor: „Wir wollen, daß unser Vater die Katze hereinläßt!"

Der alte Mann schaute mich an. „Es ist bald Weihnachten!" sagte er leise.

Das war der Moment, da ich kapitulierte. Sentimentaler Narr, der ich bin, aber irgendwie ging es mir ans Herz – die bettelnden Augen der Kinder, der alte Mann in seinem roten Mantel, aber vor allem die Stimme, mit der er sagte: „Es ist bald Weihnachten."

„In Gottes Namen, holt die Katze herein", sagte ich erschöpft.

Der alte Mann lächelte mir zu und wandte sich zum Gehen, ich kämpfte mit mir, aber dann hielt ich ihn zurück.

„Was Recht ist", knurrte ich, „muß Recht bleiben. Wenn ich hier eine Katze habe, kann ich Susanne nicht gut ihren Hund verbieten, nicht wahr? Sagen Sie ihr – mein Adventsgeschenk –, sie kann den Hund behalten. Wenn's sein muß!"

Es tat gut, ich muß zugeben, es tat gut, in die warmen, freundlichen Augen des Weihnachtsmannes zu blicken.

Natürlich bin ich kein Dummkopf. Ich weiß längst, was hier gelaufen ist. Ich habe das leere Baldrianfläschchen im Müll gefunden. Und ich habe Baldrian gerochen – auf meinem Fensterbrett. Wirklich clever, dieser Weihnachtsmann. Um Maroussia zu retten, setzte er mich mit einem anderen Tier unter Druck. Eine heimatlose Katze ist leicht aufzutreiben. Und ich fragte noch: „Wieso kommt sie immer wieder zu uns?" Jeder weiß, mit Baldrian kann man Katzen verrückt machen. Es zieht sie magisch an. Und bringt sie zum Schreien.

Ja, so war das. Aber komischerweise war ich gar nicht ärgerlich an diesem Abend. Alle vier Kerzen auf dem Adventskranz brannten. Wir sangen Weihnachtslieder, und auf dem Sofa lag die Katze und putzte ihr weißes, struppiges Fell.

Die vier Weihnachtsengel

Eine „Es-könnte-wahr-sein-Geschichte"
von *Britta Thordsen*

Drei Monate war es her, seit Bo gestorben war, der alte Freund. Drei Monate, in denen David, der ohnehin nicht zu den redseligsten Vertretern der Männerwelt gehörte, noch weniger sagte als der schweigsame Kauz, der seit letztem Winter gegenüber in der Scheune wohnte. Conny hätte sich schon über ein nächtliches ‚Huhuu, huhuu' gefreut, doch Davids Zunge schien den Dienst quittiert zu haben.

Ein neuer Hund?

Nein, davon wollte David nichts wissen.

Es schien, als hätte die Welt aufgehört zu existieren an dem Tag, an dem der alte Bo sie verlassen hatte. Oder war sie nicht vorher schon in Schweigen versunken?

Conny stand mit mehlbedeckten Unterarmen in der Küche und bearbeitete den letzten Rest vom Keksteig mit einem Nudelholz. Immer wieder lugte sie neugierig zu ihrem Sohn hinüber, der am anderen Ende des Tisches ein Bild malte. Die Inbrunst, mit der Robby (eigentlich hieß er Robert) die Farbstifte aufs Papier setzte, lenkte seine Mutter immer wieder von ihrer eigenen Arbeit ab.

„Was malst du Schönes, Robby?"

Sie erhielt keine Antwort. Der fast Fünfjährige – und darauf legte er großen Wert – schien sie nicht zu hören, so vertieft war er in sein Werk. Conny lächelte wissend und konzentrierte sich wieder auf ihren Teig. Es dauerte jedoch nicht lange, und Robby streckte ihr sein Gemälde unter die Nase.

„Da!"

„Oh, das ist wunderschön geworden Robby ..." Sie wollte nicht fragen, was es darstellte, auf keinen Fall ...

Robbys Augen leuchteten. „Das habe ich für Papa gemalt. Für Weihnachten."

Conny warf einen noch längeren Blick darauf und bemühte sich, etwas zu erkennen ... Nur nicht fragen, auf keinen Fall.

„Bo lag doch so gerne unten am Fluss, Mama."

Conny atmete dankbar auf. „Ja natürlich. Da lag er besonders gerne. Sehr schön hast du Bo gemalt." Den Kloß im Hals schluckte sie herunter. Dort hatten sie ihn auch begraben, dort unten am Fluss, an seinem Lieblingsplatz. Sie betrachtete das Bild noch genauer.

Nun konnte sie zweifelsfrei die spitze Fuchsschnauze, mehrere Ohren, die puschelige Rute, die Bo wie alle Finnenspitze über den Rücken gelegt trug, und eine Vielzahl von Beinen erkennen. Das Bild war schön ...

Conny seufzte leise. Hoffentlich reagierte David richtig, wenn er das Geschenk am Heiligabend erhielt.

Robby sah sie fragend an. Er deutete den Seufzer auf seine Weise und tröstete seine Mutter: „Ich male dir jetzt auch ein Bild, Mama." Damit kehrte er an den Küchentisch zurück und stürzte sich in die Arbeit.

David stapfte in die Küche, auf seinen dunklen Haaren glitzerte eine feine Schneeschicht. Wie ein Blesshuhn, dachte Conny und gestattete sich ein heimliches Grinsen. Doch Davids düstere Stimmung senkte sich wie eine dunkle Wolke herab und erstickte augenblicklich ihren Anflug von Humor.

Hoffentlich war Weihnachten bald vorbei.

Sie fühlte sich so verletzlich, und sie versuchte, sich verzweifelt an den Verstand zu klammern, an die Vernunft, die Einsicht, damit es nicht so wehtat mit David, mit Bo … mit dem Baby.

Diese scheißrührselige Weihnachtszeit, verdammt noch mal, fluchte sie innerlich. Mit einem heftigen Ruck schob sie das Backblech mit den Keksen in den Ofen und ließ die Ofenklappe zuknallen. Sie musste jetzt einfach laute Geräusche machen.

David hatte sich eine Tasse Kaffee eingegossen, in die er nun starrte. Wenn er doch wenigstens einmal geweint hätte. Conny dachte an das Frühjahr, an ihren Sturz von der Trittleiter, sie war im fünften Schwangerschaftsmonat, an die Fehlgeburt, an Davids Schweigen.

Es war ja nicht nur der Hund.

David hatte keine Tränen, er hatte keine Worte. Es war auch nicht mehr der David, den sie zu kennen glaubte.

Robby holte sie aus ihrer Grübelei. „Für dich male ich Bo. Wie er im Himmel mit seinen Freunden spielt."

David blickte düster von seiner Tasse auf, doch er schwieg.

„Spielen die Engel auch mit Bo?", wollte Robby wissen.

„Hör auf, solchen Blödsinn zu reden", grollte David. „Es gibt keine Engel. Bo ist tot. Er ist unter der Erde." Er warf seiner Frau einen wütenden Blick zu: „Hör auf, dem Jungen so einen Schwachsinn zu erzählen."

Die Kaffeetasse flog in die Spüle, David polterte aus der Küche, eine Katze brachte sich protestierend in Sicherheit.

Robbys Augen füllten sich mit Tränen. Hilflos fragend schaute er dem Vater hinterher und dann zur Mutter. Conny setzte sich zu ihm, nahm ihn in den Arm, wischte eine Träne von dem Zeichenblatt und wartete auf seine Fragen.

„Ist Bo nicht im Himmel, Mama? Wo ist Bo dann? Warum ist Papa so böse?"

„Weißt du, Robby, es tut Papa sehr weh, wenn er an Bo denkt. Er vermisst ihn sehr. Wenn man so lange mit einem Freund, auch einem Hund, zusammen war, den man sehr lieb hat, dann fällt es einem sehr schwer, ihn gehen zu lassen. Papa will nicht mehr an Bo denken, damit es ihm nicht so wehtut."

Mein Gott, was erzähl ich da, stöhnte Conny innerlich. Sie sah Robbys nachdenklichen Blick und war sich nicht sicher, ob er verstanden hatte, was sie ausdrücken wollte.

„Ich denke auch viel an Bo", Robby sprach langsam und bedächtig, „auch wenn ich dann traurig bin, weil er tot ist und nie mehr wiederkommt … dann weine ich etwas …"

Conny drückte ihn an sich. „Das ist sehr gut so."

Das schrille Klingeln des Telefons unterbrach ihr Gespräch. Conny war fast erleichtert darüber. Welch ein heikles Thema! Sie war sicher, dass es Gott gab. Sie brauchte nur in die Natur hinauszugehen, um davon überzeugt zu sein. Doch Engel und Hundehimmel? …

Als Robby abends in seinem Bett lag, grübelte er immer noch über seine Fragen. Wo war Bo jetzt? Und wo waren die Engel geblieben? Die kleine Lampe neben seinem Bett tauchte das Zimmer in ein gedämpftes Licht, sodass er nicht im Dunkeln liegen musste. Er starrte zur Decke. Dort stand keine Antwort geschrieben und der Teddy in seinem Arm schwieg ebenfalls. Draußen heulte der Winterwind und der stetig fallende Schnee schien die Fragen der ganzen Welt zudecken zu wollen.

Opa! Ja, Opa wusste immer die Antwort. Opa hatte auch immer Zeit zu antworten. Er wohnte nur zu weit weg.

Aber Robby hatte sich gut gemerkt, was Opa erzählte, wenn er zu Besuch war. Jeder hat einen Schutzengel, hatte Opa gesagt. Auch Robby. Klar. Ein Schutzengel ist immer da, erklärte Opa, auch wenn man ihn nicht spürt oder nicht mehr sieht, weil man nun ein großer Junge wird. Schutzengel sehen alles, hören alles, wissen alles.

Robby entschloss sich, sein bereits mit Mama gesprochenes Abendgebet zu erweitern, und wandte sich an seinen Schutzengel. „Ich weiß, dass du da bist und mich hörst", schickte er voraus, damit der Schutzengel keine Chance hatte, sich taub zu stellen, wie es Erwachsene manchmal machen, wenn sie sich vor Antworten drücken wollen. „Mein Papa ist ganz traurig, weil er nicht weiß, wo Bo jetzt wohnt ... Ich bin auch traurig, aber ich dachte, Bo ist jetzt bei euch im Himmel, und da kann er mit euch spielen und ist nicht mehr alt und krank ... Bei euch ist er bestimmt glücklich, auch wenn er mich vermisst und Mama und Papa ... und Katze Ginger ... und seinen Lieblingsplatz am Fluss ...

Du musst ihn gesehen haben, er ist schon eine ganze Weile bei euch. Zeig mir doch bitte, wo er jetzt ist, damit ich es Papa erzählen kann, wie gut es Bo geht ... Damit Papa nicht mehr traurig ist ... Das wollte ich dir eben noch sagen. Gute Nacht ... Amen."

Es war schon sehr spät, noch drei Stunden bis Mitternacht, bis zum 24. Dezember, als Robby endlich einschlief. Im Haus war es still. Draußen war es still. Der Wind schien ebenfalls eingeschlafen zu sein.
Robby träumte.

„Robby?!" Jemand hatte ihn leicht an der Schulter berührt. Robby drehte sich um.

„Hallo, Robby. Kommst du mit?"

Die Stimme war sanft und so vertraut, wie die Stimme seiner Mutter oder seines Vaters, doch sie waren es nicht.

„Bist du mein Schutzengel?", fragte Robby, obwohl der die Antwort kannte.

„Ja. – Nimm meine Hand, ich bring dich zu Bo."

„Ja, wirklich?!", rief Robby und ergriff sofort die dargebotene Hand, damit es sich der Schutzengel auf keinen Fall wieder anders überlegte.

Sie gingen über leuchtende Regenbogenfarben. Alles schien aus sich selbst heraus zu strahlen, und noch ehe man das Wort Schutzengel aussprechen konnte, waren sie am Ziel.

Robby stand vor einem weißen, halbhohen Gartenzaun und blickte auf eine bunte Sommerwiese. Dort hinten, ja. Dort hinten war ein Hund, ein lohfarbener Hund. Es war Bo.

„Bo! Komm her, Bo! Komm!" Robby schrie so laut er konnte.

Der Hund hielt inne, als müsse er überlegen. Dann drehte er sich zu Robby und sauste los.

Aber er war nicht allein. Die Hündin vom Nachbarhof war bei ihm. Robby streichelte beide durch den Zaun hindurch, zauste und kraulte Ohren und Fell von Bo und Betsy.

Er entdeckte eine lose Holzlatte im Zaun und versuchte, die Hunde hindurchzulocken. Ohne Erfolg. Hilfe suchend wandte er sich an seinen Schutzengel.

„Hilf mir doch, Bo und Betsy da rauszuholen."

„Sie können nicht auf diese Seite vom Zaun. Das ist nicht möglich, Robby."

Der Junge überlegte kurz. Dann blitzschnell, damit der Schutzengel ihn nicht zurückhalten konnte, krabbelte er durch das Loch im Zaun und lief mit den beiden Hunden über die Wiese davon.

Als er sich sicher glaubte, blieb er stehen und sah sich um.

Sein Schutzengel war verschwunden. Niemand stand dort hinten am Zaun. Doch Robby hatte keine Zeit, darüber nachzudenken. Die beiden Hunde wurden immer unruhiger. Sie liefen vor und kamen zurück zu Robby und drängten ihn, ihnen zu folgen.

Die Gegend kam ihm nun bekannt vor. Das lichte kleine Wäldchen, die großen, grauen Findlinge, auf denen man so herrlich herumturnen konnte. Das war der Weg zum Fluss. Der Weg zu Bo's Lieblingsplatz.

Plötzlich war alles in schimmernden Schnee gehüllt, ohne dass es kalt wurde. Robby fror nicht. Der Schnee lag sehr hoch, Robby und die Hunde mussten sich sehr anstrengen, um voranzukommen. Die Hunde wollten zum Flussufer, das war Robby nun klar, sie wollten so schnell wie möglich dorthin und ließen sich nicht zurückrufen. Und dann bellten sie plötzlich los. Aufgeregt sprangen sie am Ufer hin und her, als wollten sie sich in den Fluss stürzen.

Robby sah, weshalb.

Mitten im Fluss hatten sich Eisschollen verkeilt und hoch aufgetürmt. Eingekreist von der reißenden Unterströmung lagen vier Welpen auf einer dieser Eisschollen. Regungslos lagen sie da, doch Robby glaubte, ein schwaches Winseln zu hören.

Da konnten nur Mama und Papa helfen.

„Mama! Mama!"

Robby saß aufrecht in seinem Bett.

Hatte er geträumt?

Er musste die Hundebabys retten.

Hose, Pullover, Jacke und Gummistiefel. Er konnte sich schon gut alleine anziehen – wenn er wollte. Schon stand er neben dem Bett seiner Mutter und stupste sie an.

„Mama", flüsterte er in ihr Ohr, „Mama, ich gehe jetzt zum Fluss und rette die Hundebabys. Mama, komm auch zum Fluss. Ich gehe schon vor."

Die Haustür klappte hinter ihm zu. Im Gegensatz zu seinem Traum war die Nacht hier draußen im Schnee eiskalt. Doch Robby ging trotzdem weiter, hinunter zum Fluss.

Welpen retten.

Mama würde hinterherkommen.

Manche Mütter haben einen sonderbar leichten Schlaf, solange ihre Kinder klein sind, und manche Mütter würde sogar der Lärm eines Kindergeburtstages nicht wecken. Robbys Mutter gehörte eher zu den letzteren. Die Worte ihres Sohnes drangen nicht in die Alarmzentrale ihres Gehirns vor. Sie schlief weiter.

Robby sah schon das dunkle Flusswasser zwischen den schimmernden Eisschollen, hörte sein Rauschen und Gurgeln. Eine Baumwurzel, die quer über dem Weg unter dem Schnee lag, ließ ihn stolpern. Es gab keinen Halt mehr. Kopfüber rutschte der Junge zwei Meter tief die Böschung hinab. Auf dem Eis, kurz vor dem dunklen Wasser kam er zum Stehen.

Fiep. Fiep …

Robby wischte sich den Schnee aus dem Gesicht.

Direkt vor ihm lagen sie: vier Welpen, dicht aneinandergekuschelt. Aber sie rührten sich nicht. Nur ein ganz leises Wimmern, ein Fiepen, verriet, dass sie lebten.

Robby krabbelte auf die Welpen zu. Das Eis unter ihm knackte. Er erstarrte, wartete mit angehaltenem Atem, dann robbte er weiter.

Wenn er ins Wasser fiel …

Die Strömung …

Unter die Eisschollen …

Fiep … fiep.

Wo blieb nur seine Mutter?

Fast konnte er den ersten Welpen berühren.

Da packte eine Hand sein Bein und zog ihn zurück. Er fühlte sich von zwei kräftigen Armen hochgehoben und blickte in das Gesicht seines Vaters.

„Robby, verdammt noch mal, was machst du hier?"

Es gibt Väter, die haben einen sonderbar leichten Schlaf, vor allem wenn ihre Kinder noch klein sind …

„Die Welpen, Papa, die Welpen!" Mit ausgestrecktem Arm wies Robby auf die Eisfläche.

Sein Vater starrte ungläubig auf die Hundebabys mitten im Fluss.

„Denen kannst du nicht mehr helfen, die sind tot, Robby."

„Nein, Papa, nein!!!", schrie Robby verzweifelt. „Nein, die leben noch. Hör doch!"

David lauschte auf den Fluss hinaus.

Das Wasser strömte und gurgelte. Sonst war da nichts.

David schüttelte den Kopf.

Robby schaute ihn mit großen Augen unverwandt an, ließ ihn länger lauschen, als es ihm notwendig erschien.

„Da, Papa!"

Jetzt hörte auch er es: „Fiep … fiep … fiep!"

Mit wenigen schnellen Schritten war David bei den Findlingen, setzte seinen Sohn auf den größten Stein und legte seine Daunenjacke um ihn.

„Du wartest hier. Genau hier", beschwor er Robby und hetzte weiter, zurück zum Hof.

Das Eis war zu dünn, es konnte vermutlich nicht einmal Robby tragen. Aber im Schuppen lag der schmale alte Kahn. Er zerrte ihn hinaus in den Schnee, wo er wie ein Schlitten hinunter zum Fluss rutschte. Davids erster Blick dort ging zum Findling. Robby saß unverrückt auf seinem Platz. David wählte eine Uferstelle, die eisfrei war, schob den Kahn ins Wasser und wickelte die Sicherungsleine um einen Baumstamm. In dem Kahn kroch er langsam ganz nach vorne. Die Strömung trieb das Boot gegen die Eisfläche, auf der die Welpen lagen. Vorsichtig schob David sich näher und näher an den kleinen Fellhügel. Neben den Welpen lag ein alter Jutesack. Jemand musste sie darin von der Brücke in den Fluss geworfen haben, wollte sie offensichtlich ertränken, doch sie waren auf das Eis gefallen. Wie lange hatten sie hier wohl schon gelegen?

Behutsam griff er den ersten Welpen und hob ihn ins Boot. Er war kalt und reagierte nicht. Der zweite, dritte und vierte folgten. David zog den Kahn an dem Strick zurück an das Ufer. Robby rutschte vom Findling.

„Reich mir mal meine Jacke rüber." David legte die Welpen in seine Daunenjacke, hüllte sie ganz darin ein. „Komm schnell, Robby. Woll'n mal sehen, ob wir noch was für die Kleinen tun können."

Conny stand in der Küche und heizte den Ofen an. Eisige Kälte, die durch eine offen stehende Haustür bis ins Schlafzimmer gedrungen war, hatte sie geweckt. Mann und Kind waren verschwunden. Sie fragte sich, warum, und vor allem, wohin, und tat das Praktische: Was sie brauchten, wenn sie wiederkamen, waren eine warme Stube und etwas Heißes zum Trinken.

Und dann kamen sie zur Tür hereingestapft und

breiteten die Daunenjacke auf dem Tisch aus. Hundebabys! Halb erfroren.

Conny starrte die kleinen Wesen einen Moment fassungslos an, dann schob sie die Männer beiseite. Sie drückte jedem ein weiches Handtuch in die Hand, sagte: „Reiben, ganz sanft reiben", und zeigte ihnen, wie sie die nassen Welpen mit behutsamer Streichelmassage trocken reiben sollten. Während Vater und Sohn sich um die Welpen bemühten, setzte Conny den Wasserkessel auf, um Wärmflaschen zu füllen, und kramte nach dem Milchfläschchen, mit dem sie im Sommer Katzenbabys hochgepäppelt hatte. Sogar eine Dose Milchpulver war „für den Notfall" noch im Schrank.

Robby wollte wach bleiben, doch er schlief in dem großen Ohrensessel ein. David trug ihn in sein Zimmer und legte ihn in sein Bett. Robby schlief friedlich weiter.

Zurück in der Küche reiche Conny ihm einen Becher heißen Tee: „Zwei der Welpen trinken, die anderen beiden nicht, David. Ich weiß nicht, ob wir alle durchkriegen. Wenn sie bis zum Morgen durchhalten, könntest du sie in der Früh gleich zum Tierarzt bringen."

David brummte ein „Hmmm" und nahm einen Welpen auf den Arm. Im Schein der Kerzen, die Conny angezündet hatte, leuchtete sein Fell rot auf.

„Na, kleiner Bo, du wirst doch nicht schlappmachen", grummelte David zärtlich und setzte sich mit ihm auf die Couch. Er betrachtete das kleine Wesen und hielt es im Arm, bis auch ihn die Müdigkeit übermannte.

Conny weckte ihn in den frühen Morgenstunden mit einem Kuss. David nahm Kaffeeduft wahr und blickte sich etwas orientierungslos um. Er hatte auf der Couch geschlafen? Dann kam die Erinnerung. Die Welpen.

David schlurfte zum Kamin und warf einen Blick auf die vier im warm gepolsterten Karton.

„Alle sind am Leben. Wir bringen sie zum Tierarzt, gleich heute früh. Ich hab ihn aus dem Bett geklingelt. Wir können kommen."

„Der kleine Kerl sieht ja aus wie Bo", rief der Tierarzt überrascht, als er die Welpen auf seinen Untersuchungstisch hob. Er untersuchte sie vorsichtig, aber gründlich, während Robby ihn nicht aus den Augen ließ. „Tja", wandte er sich dann an die Familie, „tja …, mit sehr viel Pflege und noch mehr Liebe und einer großen Portion Weihnachtssegen werden sie zu siebt in ihrem Haus wohnen. Dass die kleinen Kerle das überlebt haben, ist ein Wunder."

Robby jauchzte: „Ein Weihnachtswunder!"

Und David korrigierte mit leicht schiefem Grinsen: „Plus drei Katzen und zwei Meerschweinchen."

Kurz vor der Bescherung an diesem Heiligen Abend kam David von einem Spaziergang am Fluss zurück. Er trat neben Conny, die den Tisch für das Weihnachtsessen schmückte.

„Die Welpen gehören dem grässlichen Kerl vom Nachbarhof, dem alten Pedderson."

„Gehörten", verbesserte Conny. „Nun gehören sie zu uns. Er wollte sie umbringen."

„Ich habe seine Betsy gefunden … unten am Wehr. Sie muss dem Auto, ihren Welpen, gefolgt sein. Sie ist ertrunken."

Conny nahm seine Hand und blickte ihn fragend an.

David nickte. „Sie liegt jetzt in der Scheune. Bo's Freundin. Ich denke, wenn der Boden nicht zu sehr gefroren ist, wäre der Platz neben Bo genau richtig."

Conny blickte zu den Welpen. „Vielleicht ist der kleine rote Kerl wirklich Bo's Sohn, David. Die anderen sehen aus wie Betsy, schwarz-weiße Border Collies."

„Vielleicht, ja."

„Ganz bestimmt sind das Bo's Kinder!", kam Robbys Stimme aus dem Hintergrund. Er schob sich zwischen seine Eltern. „Deshalb hat mich mein Schutzengel ja auch zu Bo und Betsy in den Himmel gebracht, damit ich mit ihnen zum Fluss laufe." Robby sah seinen Vater sehr ernst an. „Bo ist nämlich wirklich im Himmel. Und Betsy auch."

Dann hielt er es für angebracht, seinen Vater endgültig zu trösten: „Und wenn du tot bist, Papa, dann kannst du wieder mit Bo dort spielen und braucht nie mehr traurig sein, weil ihr dann ja beide tot seid."

Manchmal, es sind ganz seltene Momente, kostbare Momente … manchmal sind Eltern sprachlos.

Conny fühlte den Druck von Davids Hand, die sie immer noch hielt. Sie hatte dieses Weihnachtsfest gefürchtet, ebenso wie David und sah sich plötzlich wie von außen dort mit David an der Hand, mit Robby zwischen ihnen, mit den Welpen vor dem Kamin, dem Tannenbaum, dessen Kerzen den Teppich mit einer weiteren Wachsschicht überziehen würden. Das Wohnzimmer, das Haus.

Sie fühlte in ihrem Innern ein starkes warmes Strömen, das sich seinen Weg nach außen bahnte und den Raum auszufüllen schien. Es verband sich mit dem warmen Strömen ihrer kleinen Familie, sprengte die Grenzen des kleinen Hauses und schien mit der Weihnachtsfreude der ganzen Welt zu verschmelzen.

Dieses scheißrührselige, herrliche Weihnachtsfest.

Vom Kamin her kam der Ruf, der sie in die Wirklichkeit zurückzog: „Fiep … fiep."

Tinni-Minni

Oder: Wie man auf die Katze kommt
Von *Christa Schmitt*

Karl saß im Wohnzimmer und sah zu, wie es schneite,
die frisch gestopfte Pfeife in der Hand, und ruhte sich
aus: Gerade hatte er die buschige Fichte mit einiger Mühe
in den Christbaumständer gespannt, ein wenig schief,
wie Tochter Carla behauptete. Doch dem konnte er nicht
zustimmen; für ihn stand die Fichte da wie eine Eins.
Carla und ihr Bruder Thomas begannen unter Gekicher,
den Baum zu schmücken. Die Musik, die dabei zu hören
war, erschien Karl nicht gerade weihnachtlich, doch wenigstens war sie gegenüber der sonst von den Kindern be-
vorzugten Lautstärke eher zu ertragen. Zufrieden rekelte
er sich im Sessel und schaute dem Rauch nach.

Diese eigenartige Stimmung, die ihn am Heiligen Abend
immer überfiel, hatte ihn auch heuer wieder ergriffen. Es
war eine seltsame Mischung aus Aufgeregtsein und Vor-
freude, wenn er auch durch die Menge des erbetenen Son-
dertaschengeldes und diverser Bastel-Werkstoff-Reste in
etwa wusste, was sich die Kinder für ihn und seine Frau
Lena hatten einfallen lassen. Dann auch das angenehme
Gefühl, seinen Lieben in Kürze einige Geschenkwünsche zu
erfüllen, für Kinder in Krisengebieten gespendet zu haben
und überhaupt ein ganz passabler, ordentlicher Mensch zu
sein. Dennoch war da so ein Rest – so ein Loch in all den
Gefühlen, er wusste selbst nicht so recht, was das war.

Er begann an früher zu denken, Weihnachten zu Hause
bei der Mutter. Kleine Heimlichkeiten, kaum Geld für die
heute üblichen Geschenke, aber so viel Gemütlichkeit,

so viel Geborgenheit, ja fast schon: Frieden. Schon in der Adventszeit hingen ein paar Tannenzweige an der Wand und dufteten in der Wärme des Feuers, das einen hellen Schein durch die Ringe der Ofenplatte warf und durch sein Flackern huschende Schatten über die Wände schickte. Und dann der Geruch der Bratäpfel aus der Röhre, die kleinen roten Äpfelchen vom Baum oben am Hausacker, die plötzlich ganz anders schmeckten, und dann nicht zuletzt die Katze, meist bei der Mutter auf dem Schoß, zufrieden zusammengerollt, leise schnurrend oder auch wohlig schlafend ...

Währenddessen kniete Lena in der Küche vor dem Bratrohr und schaute nach der Weihnachtsgans, die schon fast gar war. Leise seufzend richtete sie sich auf, strich sich die Haare aus der Stirn und schaute auf die Uhr: noch etwa zwanzig Minuten, kann konnte sie die Gans herausnehmen und kaltstellen, um sie dann für morgen gleich zu zerlegen. Sie seufzte wieder. Weihnachten – ein wenig wehmütig war ihr zumute. Sie schob es beiseite und überprüfte nochmals in Gedanken, ob alles erledigt war. Sie wusste die Geschenke ordentlich verpackt, beschriftet und gut versteckt. Der Sud für die traditionell am Heiligen Abend zu servierenden blauen Bratwürste war fertig, der ebenso traditionell aufzutragende Selleriesalat für morgen auch, die Kartoffeln für die Klöße waren gerieben, das Klößbrot geröstet, die Pfannkuchen für die Suppe gebacken und geschnitten – nein, sie war gut gerüstet. Das Fest konnte kommen. Dennoch: Irgendwie war sie unruhig.

Karl zog genüsslich den Duft des Gänsebratens ein, der aus der Küche ... wehte ...

Gut hatte man es doch: eine ordentliche, sichere Arbeit, das noch nicht ganz abbezahlte Häuschen, die beiden gut geratenen Kinder ... man hatte sein Auskommen. Und sogar ein bisschen mehr als das, grübelte er vor sich hin, nickte kurz ein und wachte wieder auf, weil die Begleitmusik zum Baumschmücken nun doch etwas zu laut geworden war. Wenn er an die herrliche Ruhe zu Hause dachte, diese knisternde Stille, das Zischen der Bratäpfel und das Schnurren der Katze ...

Die Katze! Jetzt wusste er, warum er nicht ganz zufrieden war: Beim Bäcker hatte er seit etwa zehn Tagen früh beim Brötchenholen immer eine kleine Katze auf dem Kellerschacht kauern sehen, ein kleines schwarzes Ding, das sich an der warmen Abluft aus dem Schacht wärmte. Manchmal stand auch ein leeres Tiegelchen dort. Diese kleine Katze ... jetzt schneit es ... ob sie noch dort draußen sitzt? Sie wird frieren. Man sollte nach ihr sehen ...

Und wenn ich die Katze jetzt hole, dachte er. Sie scheint niemandem zu gehören. Was Lena wohl sagen wird? Sie wird zuerst ein wenig brummen, sich dann aber wohl doch um das kleine Ding kümmern. Und die Kinder? Die beiden hatten sich viel mit den hungrigen Katzen auf Lanzarote beschäftigt im Urlaub. Und hatte nicht Carla den unvermeidlichen Schulaufsatz „Mein schönstes Ferienerlebnis" zum Anlass genommen, um über diese Katzen zu schreiben? Nein, da würde es wohl keinen Protest geben. Und sollte die Katze niemand versorgen wollen, dann würde er es eben übernehmen, das würde er schon schaffen ...

Lena hatte sich eine Tasse Kaffee aufgebrüht, als sie den Backofen ausgeschaltet hatte. Nun saß sie unschlüssig am Küchentisch und wusste nicht recht, was sie tun sollte. Sie hatte keine Lust, beim Baumschmücken zu helfen, und so begann sie, das Brot für den Abend aufzuschneiden. Als sie das knusprige Bauernbrot im Körbchen arrangierte, fiel ihr plötzlich der Bäcker ein, genauer gesagt, das kleine Kätzchen, das dort seit Tagen herumsaß und niemandem zu gehören schien. Schwarz war es, klein, dünn und zerzaust – und jetzt schneite es draußen. Da wird die Kleine frieren, auch wenn sie sich auf den Schacht setzt, aus dem die warme Luft aus der Backstube kommt ...

Warum haben wir eigentlich keine Katze, dachte sie. Die Kinder würden sich über eine Katze bestimmt freuen, aber Karl? Sie hatte bisher zwar keine Abneigung gegen Katzen bei ihm bemerkt, aber auch keine besondere Zuneigung – er schien in Bezug auf Katzen so eine Art Neutrum zu sein. Aber ein Neutrum könnte man positiv beeinflussen, und dann könnte sie sich um das Kätzchen kümmern, wenn die Familie in der Schule und im Betrieb ist. Sie sieht sich schon mit der kleinen Schwarzen auf dem Schoß im Wohnzimmer sitzen und stricken, und die Kleine kuschelt sich an sie und schnurrt und schläft ein, wenn sie lange genug mit dem Wollknäuel gespielt hat ... Warum sollten sie nicht auch eine Katze haben?

Karl wird immer unruhiger in seinem Sessel. Die kleine Katze! Die holt er jetzt. Und wenn es Ärger geben sollte, dann wird er darauf bestehen, dass sie wenigstens über die Feiertage bleiben darf, und sie dann, wenn es unbedingt sein muss, eben ins Tierheim bringen. Das ist immer noch besser, als wenn sie den ganzen Winter da draußen hockt oder vielleicht gar erfriert oder verhungert.

Wie hieß noch die Katze zu Hause? Mieze, Mausi, Minni – ja, Minni hieß sie, und so sollte auch die Kleine heißen.

„Minni", murmelte er.

Carla sah ihn erstaunt an. „Bitte, Vati?"

„Ach nichts", sagt er entschlossen und stand auf, „macht schön weiter, ich muss noch etwas besorgen." Er nahm die große Schilftasche, zog den Parka über, öffnete die Küchentür nur so viel, um den Kopf durchzuschieben und sagte: „Du, Lena, ich muss noch einmal weg, bin aber gleich wieder da!"

Lena schaute ihn nachdenklich an. „Karl, ich glaube, ich muss auch noch etwas besorgen!"

„Kann ich dir das nicht abnehmen, dann musst du nicht mehr in das Schneetreiben hinaus."

Nein, dankte Lena, aber das müsse sie schon selbst erledigen.

Kaum hatte Karl die Haütür hinter sich ins Schloss gezogen, wurde Lena hektisch: Mantel an, Kopftuch um, den Korb mit dem Deckel, ein Handtuch hinein, zusätzlich die große graue Tasche gegriffen – und schon war sie auf dem Weg. Bis Karl wieder zurück ist, hab ich es geschafft, dachte sie, wenn sie noch dort ist. Doch erst muss ich Futter kaufen und Streu. Als Katzenklo nehmen wir fürs Erste die große blaue Schüssel, die brauchen wir sowieso nicht. Und als Schlafkörbchen wird sich auch etwas finden, eine Schachtel, schön warm ausgepolstert … Und dann muss sie noch einen Namen bekommen, die kleine dünne Mieze. „Dünni?" Nein, das klingt zu negativ, und sie wird ja auch nicht dünn bleiben bei ihnen, nein, sicher nicht. Wie wäre es mit „Tinni"? Gut. Der Buchstabe „I" muss in einem Katzennamen enthalten sein, hatte sie irgendwann gehört, und in „Tinni" sind es gleich zwei …

Lena war richtig froh, dass sie sich für die kleine Katze entschieden hatte, und nahm es kaum zur Kenntnis, dass man sie im Supermarkt leicht belustigt angesehen hatte, als sie gerade noch vor Ladenschluss nach Katzenfutter und Streu suchte. Sie hastete weiter in Richtung Bäcker.

Karl hatte einen Umweg zum Metzger gemacht. Was fressen kleine Katzen? Gekochten Schinken vielleicht, oder Rinderhack? Ihm fiel ein, dass sein früherer Kollege, der Konrad, immer Rinderhack für seinen alten Perserkater gekauft hatte, und was für so einen alten vornehmen Kerl gut war, würde dem kleinen schwarzen Fräulein sicher auch nicht schaden. Fräulein? Ist es denn ein Mädchen? Ach, notfalls geht „Minni" als Name für Kätzchen und Katerchen – wenn das kleine Ding nur noch da ist, jetzt, wo ihm vielleicht das Glück seines Lebens winkt. Das Hackfleisch steckte sicher in der Tasche, Karl fühlte sich viel, viel besser und er steuerte auf den Bäckerladen zu.

Als er in die Nähe des Ladens kam, sah er, dass sich eine Person vor dem Laden aufhielt, das heißt, sie beugte sich dort, wo der Schacht war, hinunter und streckte die Hand aus. Jetzt ging sie in die Hocke.

Da würde doch nicht jemand seine Minni wegholen, ausgerechnet jetzt, wo er sie gewissermaßen bereits adoptiert hatte und bereit war, sie gegen die restliche Familie zu verteidigen? Er ging schneller. Etwas an dieser Person dort irritierte ihn. Hatte nicht Lena auch so einen Mantel? Und so ein Kopftuch? Er war unsicher, rannte aber die letzten paar Meter.

„Lassen Sie meine Minni ...", rief er.

Da hob die Person in Lenas Mantel den Kopf und fauchte: „Von wegen, Ihre Minni, das ist meine Tinni!"

Sie erstarrten beide mitten in der Bewegung. „Was – du auch?!", riefen sie gleichzeitig. Lena hob die kleine schwarze Katze auf ihren Arm, streichelte sie und strahlte ihren Mann an: „Dann eben „Tinni-Minni."

Und Karl strahlte auch. Nur „Tinni-Minni" waren so viele Menschen auf einmal und ein so langer Name mit vier „i" wohl doch etwas zu viel, und sie legte die winzigen schwarzen Öhrchen an. Doch das offensichtlich geplante

Fauchen blieb irgendwo in der kleinen Kehle stecken, und unter dem Streicheln von Karl und Lena verwandelte es sich in ein zaghaftes, leises Schnurren.

Karl und Lena hätten schwören können, dass sie auch geblinzelt hat.

Gottesfriede

Von *Selma Lagerlöf*

Es war Weihnachten auf einem alten Bauernhof, ein Weihnachtsabend mit grauem Himmel, wie vor einem großen Schneesturm. Am Nachmittag hatten es alle Leute eilig, mit ihrer Arbeit fertig zu werden, damit sie dann baden konnten. In der Badehütte feuerte man so heftig ein, daß die Flammen zum Schornstein hinaus schlugen, Funken und Rußflocken flogen mit dem Wind und fielen auf die schneebedeckten Dächer.

Wie die Flamme so aus dem Schornstein der Badehütte aufstieg und sich wie eine Feuersäule über dem Bauernhof erhob, begannen alle zu spüren, daß Weihnachten nahe war. Die Magd, die im Hausflur kniete und scheuerte, fing leise zu singen an, obgleich das Scheuerwasser im Eimer neben ihr gefror. Die Knechte, die im Schuppen das Weihnachtsholz hackten, fingen an, zwei Scheite auf einmal zu spalten, sie schwangen die Äxte so lustig, als sei die Arbeit nur ein Spiel.

Aus der Vorratskammer kam eine alte Frau mit vielen runden Gewürzbroten. Sie ging langsam über den Hof in das große rotgestrichene Haupthaus, trat vorsichtig in die Wohnstube und legte die Brote auf die lange Fensterbank. Es war eine seltsam häßliche alte Frau mit rötlichem Haar, schweren, schlaffen Augenlidern und einem so merkwürdig angespannten Zug um Mund und Kinn, als seien die Halssehnen zu kurz. Aber heute am Weihnachtsabend lag soviel Freude und Friede über der alten Frau, daß man gar nicht sah, wie unschön sie war.

59

Nur ein Mensch auf dem Hof war nicht vergnügt, nämlich das Mädchen, das die Birkenruten band, die beim Baden benutzt wurden. Sie saß am Herd, ein Haufen feiner Birkenruten lag zum Binden vor ihr auf dem Boden. Doch fehlten ihr junge Birkengerten, die die Zweige halten sollten. Durch die kleinen Scheiben des breiten niedrigen Fensters fiel der Lichtschein der Badehütte ins Zimmer, huschte über den Fußboden und vergoldete die Birkenreiser. Doch je stärker das Feuer brannte, desto unglücklicher wurde das Mädchen. Sie wußte, daß die Rutenbüschel auseinander fielen, sobald man sie nur berührte, und daß sie daher Spott und Schmach erdulden mußte, zum mindesten so lange, bis wieder ein Weihnachtsfeuer in diesem Schornstein flammte.

Wie sie so dasaß und sich unglücklich fühlte, trat ein Mann in die Stube, vor dem sie die allergrößte Angst hatte, der Hausvater Ingmar Ingmarson. Er war sicher in der Badehütte gewesen, um sich zu vergewissern, daß der Ofen richtig geheizt wurde. Jetzt wollte er nach den Rutenbüscheln schauen. Ingmar Ingmarson war alt und hielt auf alles, was alt war. Und gerade weil die Leute es jetzt aufzugeben begannen, in der Badehütte zu baden und sich mit Birkenreisern peitschen zu lassen, legte er großen Wert darauf, daß es auf seinem Hof geschehe und daß es ordentlich geschehe.

Ingmar Ingmarson trug einen alten Schafspelz, Lederhosen und Pechdrahtstiefel. Er war schmutzig und unrasiert und kam in seiner langsamen Art so leise herein, daß man ihn für einen Bettler hätte halten können. Er besaß die gleichen Züge, die gleiche Häßlichkeit wie seine Frau, denn sie waren miteinander verwandt. Das Mädchen hatte von Kind an gelernt, einen heiligen Respekt vor dem alten Geschlecht der Ingmarsöhne zu haben, das

das vornehmste der Gegend war. Das Höchste, was ein Mensch erreichen konnte, war Ingmar Ingmarson selbst. Er war der Reichste, der Klügste und der Mächtigste im ganzen Kirchspiel.

Ingmar Ingmarson trat auf das Mädchen zu, bückte sich, nahm eines der fertigen Rutenbüschel und schwang es durch die Luft. Sogleich flogen die Ruten auseinander. Eine landete auf dem Weihnachtstisch, eine andere im Himmelbett.

„He, min Deern", sagte der alte Ingmar und lachte. „Glaubst du, daß man solche Ruten brauchen kann, wenn man bei den Ingmarsöhnen badet? Oder hast du Angst um deine Haut?"

Da der Hausvater nicht ärgerlicher war, faßte das Mädchen Mut und sagte, es könne schon Rutenbündel machen, die hielten, wenn es nur Gerten zum Binden hätte.

„Dann muß ich dir wohl Gerten verschaffen, mein Deern", antwortete der alte Ingmar, denn er war in richtiger Weihnachtsstimmung.

Er verließ die Wohnstube, kletterte über die Magd mit dem Scheuereimer und blieb an der Türschwelle stehen. Er sah sich nach jemand um, den er in den Birkenhain nach Gerten schicken könne. Die Knechte waren noch mit dem Weihnachtsholz beschäftigt, der Sohn kam mit dem Weihnachtsstroh aus der Tenne, die beiden Schwiegersöhne schleppten eben die großen Karren in die Schuppen, damit der Hof feiertägig aussähe. Keiner von ihnen hatte Zeit.

Gelassen beschloß der Alte, sich selbst auf den Weg zu machen. Er überquerte den Hof, als wolle er in den Stall, sah sich um, um sich zu überzeugen, daß niemand in beobachtete, schlüpfte dann hinter die Stallwand, von wo ein halbwegs gebahnter Weg in den Wald hinaufführte. Der Alte hielt es nicht für nötig, jemand zu sagen, wohin er ging, sonst hätte es vielleicht dem Sohn oder einem der Schwiegersöhne einfallen können, ihn zurückzuhalten. Und alte Leute wollen nun einmal am liebsten ihren eigenen Willen haben.

Er schlug den Pfad über die Felder durch das kleine Tannenwäldchen ein und erreichte den Birkenhain. Hier bog er vom Weg ab, stapfte auf der Suche nach ein paar einjährigen Birken in den Schnee hinaus.

Um diese Stunde gelang es dem Wind endlich, Schnee aus den Wolken herabzureißen. Jetzt fegte er mit einer langen Schleppe von Schneeflocken in den Wald hinauf.

Ingmar Ingmarson bückte sich gerade, um eine Gerte abzuschneiden, als der Schneewind heranbrauste. In dem Augenblick, als der alte Mann sich aufrichtete, stürzte der Wind auf ihn zu, blies ihm dichte Flocken ins Gesicht, in die Augen. Der Wind stürmte so heftig um ihn, daß er sich ein paarmal drehen mußte.

Das ganze Unglück kam daher, daß Ingmar Ingmarson alt geworden war. In seiner Jugend hätte ein Schneesturm ihn kaum schwindlig gemacht. Doch jetzt wirbelte alles im Kreise um ihn herum, als schwinge er sich in einer Weihnachtspolka. Er wollte sich auf den Heimweg begeben, schlug aber gerade die verkehrte Richtung ein, ging in den großen Tannenwald, der hinter dem Birkenhain begann, statt zu den Feldern hinunter.

Die Dunkelheit brach schnell herein. Unter den jungen Bäumen am Wandrand trieb das Schneegestöber sein Spiel weiter. Der Alte sah wohl, daß er zwischen Tannen ging, merkte aber nicht, daß er sich verirrt hatte. Denn auf der dem Hof zugekehrten Seite des Birkenhaines wuchsen auch Tannen. Jetzt aber geriet Ingmar Ingmarson so tief in den Wald hinein, daß es ganz ruhig und still um ihn wurde. Vom Sturm war nichts mehr zu spüren. Die Bäume wurden hoch und höher. Da erkannt er, daß er falsch gegangen war, und wollte umkehren.

Daß er sich hatte verirren können, verwirrte und erregte ihn. Und wie er nun so mitten im weglosen Wald stand, war sein Kopf nicht klar genug, um zu wissen, woher er sich wenden müsse. Er schlug zuerst die eine, dann eine andere Richtung ein. Endlich kam er auf den Gedanken, in seinen eigenen Fußstapfen zurückzugehen, dann aber wurde es dunkler, und er konnte sie nicht mehr finden. Mit jedem Schritt entfernte er sich weiter vom Waldrand.

Es war wie verhext, daß er den ganzen Abend hier im Wald herumlaufen mußte und sicher zu spät zum Baden kam.

Er drehte seine Mütze herum und knüpfte sein Strumpfband neu, blieb aber ebenso verwirrt wie vorher. Es wurde ganz dunkel, und er fing an zu glauben, daß er die Nacht im Wald zubringen müsse.

Er lehnte sich an eine Tanne, um seine Gedanken zu sammeln. Er war so viel hiergewesen, daß er fast jeden Baum kannte. Schon als Kind war er hier herumgegangen, hatte die Schafe gehütet und den Waldvögeln Schlingen gelegt. In seiner Jugend hatte er mitgeholfen, den Wald zu fällen. Er hatte ihn abgeholzt daliegen und aufs neue wachsen sehen.

Endlich glaubte er zu wissen, wo er sich befinde, und war überzeugt, ginge er so weiter, müsse er auf den rechten Weg kommen. Aber wie er es auch anstellte, er geriet immer tiefen in den Wald.

Plötzlich fühlte er festen, glatten Boden unter den Füßen und meinte, einen Weg entdeckt zu haben. Er versuchte weiterzugehen, denn ein Weg mußte doch irgendwohin führen. Aber der Pfad mündete auf einer Waldwiese. Dort hatte das Schneegestöber freies Spiel. Statt Weg und Pfad gab es hier nur Schneehaufen und -gruben. Da verlor der Alte den Mut. Er kam sich vor wie ein armer Kerl, der draußen in der Wildnis sterben müsse. Durch den Schnee zu gehen, machte ihn müde. Immer wieder setzte er sich auf einen Stein, um auszuruhen. Aber sobald er dies tat, wurde er schläfrig und wußte, schliefe er ein, würde er erfrieren. Daher versuchte er wieder zu marschieren. Dies allein konnte ihn retten. Doch schon bald konnte er der Versuchung nicht widerstehen, erneut zu rasten. Durfte er nur ruhen, fragte er jetzt nicht mehr danach, ob ihn dies das Leben koste.

Das Wohlgefühl stille zu sitzen war so groß, daß der Tod ihn nicht schreckte. Er empfand im Gegenteil eine Art Freude im Gedanken, daß dann ein langer Nachruf in der Kirche über ihn verlesen werde. Er entsann sich, wie schön der Probst über seinen Vater gesprochen hatte. Sicher würde man auch über ihn Schönes sagen. Es würde erwähnt werden, daß er den ältesten Bauernhof im Tal besitze und welche Ehre es sei, einem so stolzen Geschlecht anzugehören. Auch von der Verantwortung würde die Rede sein. Ja, man war verantwortlich. Das hatte er immer gewußt. Die Ingmarsöhne mußten bis zum Äußersten ausharren.

Plötzlich durchzuckte es ihn blitzartig, es sei wenig rühmlich, erfroren im wilden Wald gefunden zu werden. So sollte es bei seiner Totenfeier nicht heißen. Wieder erhob er sich, wieder begann er zu wandern. Er hatte so lange ausgeruht, daß ganze Schneemassen aus seinem Pelz fielen, als er aufstand. Aber schon nach einem Weilchen setzte er sich wieder und träumte vor sich hin.

Die Gedanken an den Tod erfüllten ihn wie eine Lockung. Er erlebte in Gedanken sein eigenes Begräbnis, alle Ehren, die seinem toten Leib widerfuhren. Er sah den Festsaal im oberen Stockwerk seines Hauses mit dem großen, gedeckten Tisch. Probst und Pröpstin saßen auf den Ehrenplätzen, der Richter mit der weißen Krause über der schmalen Brust daneben, und die Majorin in schwarzer Seide, die dicke Goldkette viele Male um den Hals geschlungen. Er sah alle Betten in den Gastzimmern weiß bezogen, weiße Laken vor den Fenstern und auf allen Möbeln, sah Tannengrün von der Haustür bis hinunter zur Kirche gestreut. Er stellte sich auch das zwei Wochen dauernde Backen, Schlachten und Bierbrauen vor, bei dem zwanzig Klafter Holz verheizt wurden.

Seine Leiche lag auf einer Bahre im innersten Zimmer. Kohlendunst erfüllte die frisch geheizten Räume. Während der Sargdeckel zugeschraubt wurde, ertönten Choräle, der Sarg war silberbeschlagen. Der Hof war voller Gäste, das ganze Dorf in Bewegung, um das „Mitgebrachte" zu bereiten. Alle Kirchenhüte waren gebürstet, der ganze Herbstbranntwein wurde beim Leichenschmaus ausgetrunken, auf den Wegen ging es zu wie an einem Markttag.

Wieder erhob sich der alte Mann. Er hatte die Gäste beim Leichenschmaus von sich sprechen gehört. „Aber, wie konnte es geschehen, daß er erfror?" fragte der Richter. „Was hatte er nur im Hochwald zu tun?" – Daran wären wohl Weihnachtsbier und Branntwein schuld, antwortete der Kapitän.

Diese Antwort schreckte Ingmar auf. Die Ingmarsöhne waren nüchterne Leute. Es sollte nicht von ihm heißen, er sei in seiner letzten Stunde nicht bei Sinnen gewesen.

Wieder begann er seine Wanderung. Aber er war jetzt so müde, daß er sich kaum mehr auf den Füßen halten konnte. Er befand sich hoch oben im Wald. Denn hier lagen große Felsblöcke auf dem Boden, wie sie weiter unten zu finden waren. Er blieb mit dem Fuß zwischen ein paar Steinen hängen, so daß er nicht mehr loskam, und jammerte laut. Er konnte einfach nicht mehr.

Plötzlich stürzte er in einen großen Reisighaufen, fiel weich in den Schnee, ohne sich weh zu tun. Aber er vermochte nicht mehr aufzustehen, begehrte nicht anderes auf Erden als zu schlafen. Er schob das Reisig ein wenig beiseite, kroch hinein, als sei es ein Fell. Wie er sich unter die Zweige schob, spürte er dort innen etwas Weiches und Warmes. Hier schläft wohl ein Bär, dachte er.

Er fühlte, wie das Tier sich bewegte, wie es witterte. Aber es lang ganz still. Meinethalben kann der Bär mich fressen, dachte Ingmar. Er hätte keinen Schritt mehr gehen können, um zu entkommen.

Doch der Bär schien ihm, der in solcher Sturmnacht Schutz unter seinem Dach suchte, nichts tun zu wollen. Er glitt tiefer in seine Höhle, als wolle er dem Gast Platz machen, dann hörte Ingmar seine gleichmäßigen, lauten Atemzüge.

Auf dem alten Ingmarhof war keine Weihnachtsfreude eingekehrt.

Erst durchsuchten sie das Wohnhaus und alle Wirtschaftsgebäude vom Keller bis zum Boden, dann fragten sie überall auf den Nachbarhöfen nach Ingmar.

Als sie ihn nirgends fanden, begaben sich Söhne und Schwiegersöhne auf die Äcker hinaus. Die Fackeln, die den Kirchenleuten auf ihrer Fahrt zur Weihnachtsmette hätten leuchten sollen, trugen sie nun im rasenden Schneesturm auf Wegen und Stegen umher. Aber der Wind hatte jede Spur verweht. Sein Heulen übertönte Rufe und Schreie. Endlich sahen sie ein, daß sie bis zum Tagesanbruch warten mußten, wollten sie den Verschwundenen finden.

Kaum dämmerte das Morgenrot, waren alle Leute vom Ingmarhof auf den Beinen. Die Männer wollten eben in den Wald hinausziehen, da erschien die alte Hausmutter und rief sie in die Wohnstube. Sie hieß sie, auf den langen Bänken Platz zu nehmen. Sie selbst setzte sich mit der Bibel an den Weihnachtstisch und begann zu lesen. Als sie mit ihren schwachen Kräften suchte, was einer solchen Stunde angemessen war, verfiel sie auf die Geschichte von dem Mann, der von Jerusalem nach Jericho ging und unter die Mörder fiel.

Sie las langsam, mit singender Stimme, von dem alten Mann, dem der barmherzige Samariter zu Hilfe kam. Um sie herum saßen Söhne und Schwiegertöchter, Töchter und Enkelinnen. Sie alle glichen ihr. Sie waren groß und schwerfällig mit häßlichen, altklugen Gesichtern, denn sie gehörten zu der alten Familie der Ingmarsöhne. Sie hatten rötliches Haar, sommersprossige Haut, hellblaue Augen mit weißen Wimpern. Trotz großer Verschiedenheit waren ihnen ein strenger Zug um den Mund, schläfrige Augen und schwere Bewegungen gemeinsam. Man sah ihnen an, daß sie zu den Angesehensten der Gegend gehörten und wußten, daß sie vornehmer waren als andere.

Die Ingmarsöhne und -töchter seufzten während des Bibellesens tief. Sie fragten sich, ob wohl ein Samariter den Hausvater gefunden und sich seiner erbarmt habe. Denn für alle Ingmarsöhne war es, als verlören sie etwas von ihrer eigenen Seele, würde einer ihres Stammes von einem Unglück getroffen.

Die alte Frau las Jesu Frage: „Welcher dünkt dich, war unter diesen dreien dem Mann, der unter die Räuber fiel, der Nächste?"

Weiter kam sie nicht. Denn die Tür öffnete sich und Ingmar trat in die Stube.

„Mutter, Vater ist da", sagte eine der Töchter. Die Hausmutter las nicht mehr vor, daß des Mannes Nächster der gewesen war, der Barmherzigkeit an ihm geübt hatte.

Etwas später saß die alte Frau wieder auf dem gleichen Platz und las wieder in der Bibel.

Sie war allein. Die Frauen waren zur Kirche, die Männer zur Bärenjagd in den Wald gegangen. Gleich nachdem Ingmar Ingmarson gegessen und getrunken hatte, war er mit seinen Söhnen aufgebrochen. Denn es ist nun einmal die Pflicht des Mannes, den Bären zu töten, wo und wann er ihm begegnet. Es geht nicht an, einen Bären zu schonen, denn früher oder später findet er doch Geschmack am Fleisch, dann sind weder Mensch noch Tier vor ihm sicher.

Seit die Männer fort waren, hatte sich eine große Angst der alten Frau bemächtigt. Sie beugte sich über den Text, über den heute in der Kirch gepredigt wurde, kam aber nicht weiter als bis zu dem Wort „Friede auf Erden und den Menschen ein Wohlgefallen".

Sie starrte mit verlöschenden Augen diese Reihen an, seufzte von Zeit zu Zeit tief auf, las nicht weiter, sondern wiederholte nur ein ums andere Mal mit langsam schleppender Stimme „Friede auf Erden und den Menschen ein Wohlgefallen".

Als sie sich wieder in dies Wort versenkte, trat der älteste Sohn in die Stube.

„Mutter", sagte er sehr leise.

Sie hörte ihn, fragte, ohne vom Buch aufzusehen: „Bist du nicht mit im Wald?"

„Doch", antwortete er noch leiser, „ich war dort."

„Komm näher", sagte sie, „damit ich dich sehen kann."

Er kam näher, aber als sie ihn ansah, merkte sie, daß er zitterte. Er mußte sich auf die Tischkante stützen, um die Hände stillhalten zu können.

„Habt ihr den Bären erlegt?" fragte sie wieder.

Er vermochte nicht zu antworten, schüttelte nur den Kopf.

Die alte Frau stand auf und tat, was sie nicht mehr getan hatte, seit der Sohn ein Kind gewesen war. Sie legte sanft die Hand auf seinen Arm, streichelte ihm die Wange und zog ihn auf die Bank. Dann setzte sie sich neben ihn, hielt seine Hand in der ihren und bat: „Sag mir jetzt, was geschehen ist, mein Junge."

Der Sohn spürte wieder die Liebkosung, die ihn in den Jahren der Kindheit getröstet hatte, wenn er unglücklich und hilflos war. Sie rührte ihn so tief, daß er anfing zu weinen.

„Ich weiß, es ist etwas mit Vater", sagte die alte Frau.

„Ja, etwas sehr Schlimmes", schluchzte der Sohn.

„Etwas Schlimmes?"

Der Sohn weinte immer heftiger. Er wußte nicht, wie er seine Stimme beherrschen sollte. Endlich hob er die grobe Hand mit den breiten Fingern und deutete auf die Stelle, die die Mutter eben gelesen hatte „Friede auf Erden".

„Hat es etwas damit zu tun?"

„Ja", erwiderte er.

„Mit dem Weihnachtsfrieden?"

„Ja."

„Wolltet ihr heute morgen eine böse Tat tun?"

„Ja."

„Und Gott hat uns gestraft?"

„Gott hat uns gestraft."

Endlich erfuhr sie, was sich zugetragen hatte. Sie hatten die Bärenhöhle gesucht. Als sie so nahe waren, daß sie den Reisighaufen sahen, waren sie stehengeblieben, um die Gewehre zu entsichern. Da stürzte der Bär aus seiner Höhle, lief geradewegs auf den alten Ingmar Ingmarson zu und versetzte ihm einen solchen Schlag auf den Kopf, daß er, wie vom Blitz getroffen, zu Boden sank. Niemand anderen fiel der Bär an, sondern verschwand im Wald.

Am Nachmittag fuhren Ingmar Ingmarsons Frau und Sohn zum Pfaffhof und meldeten den Todesfall. Der Sohn führte das Wort.

Die Mutter hörte reglos und mit steinernem Gesichtsausdruck zu.

Der Propst saß in seinem Lehnstuhl am Schreibtisch. Er hatte seine Bücher geholt, um den Todesfall einzutragen. Er tat dies sehr langsam. Er wollte Zeit gewinnen, um darüber nachzudenken, was er Witwe und Sohn sagen könne. Denn es handelte sich um einen ungewöhnlichen Fall. Der Sohn hatte ganz offen berichtet, wie sich alles zugetragen hatte. Aber dem Propst kam es darauf an zu erfahren, wie sie selbst die Sache aufnahmen. Die Leute vom Ingmarhof waren eigenartige Menschen.

Als der Propst das Buch schloß, sagte der Sohn: „Wir möchten Euch bitten, keinen Nachruf auf Vater zu verlesen."

Der Propst schob die Brille auf die Stirn und sah forschend die alte Frau an. Sie saß noch immer reglos da, zerknüllte nur das Taschentuch in der Hand.

„Wir möchten ihn an einem Werktag begraben", fuhr der Sohn fort.

„So, so", antwortete der Propst. Im schwindelte. Der alte Ingmar Ingmarson sollte in die Erde kommen, ohne daß jemand davon wußte? Das Kirchenvolk sollte nicht auf dem Hügel stehen und sehen, mit welchem Staat er zu Grabe getragen wurde?

„Wir werden auch keinen Leichenschmaus abhalten. Wir haben es den Nachbarn schon mitgeteilt, damit sie kein ,Mitgebrachtes' bereiten."

„So, so", wiederholte der Propst, und brachte nichts anderes mehr über die Lippen.

Er wußte, was es für solche Leute bedeutete, kein Totenmahl zu halten. Er wußte, welch großer Trost es für Witwen und Waisen war, einen stattlichen Leichenschmaus abzuhalten.

„Es soll auch kein Trauerzug stattfinden, nur ich und meine Brüder gehen mit."

Der Propst sah Antwort heischend zu der alten Frau hin. War dies auch ihr Wille? Sie saß da und verzichtete auf alles, was für sie kostbarer sein mußte als Silber und Gold.

„Wir, Mutter und ich, wollen weder Glockengeläute noch einen silberbeschlagenen Sarg. Doch möchten wir den Herrn Propst um seine Meinung in dieser Angelegenheit bitten."

Jetzt ergriff auch die Witwe das Wort. „Ja, wir möchten wissen, ob wir auch nicht unrecht gegen Vater handeln?"

Der Propst schwieg noch immer. Die alte Frau sprach eifrig weiter: „Hätte mein Mann sich an König oder Vogt vergangen, hätte ich ihn vom Galgen herunterschneiden müssen, er hätte genau so ein ehrliches Begräbnis erhalten wie einst sein Vater. Denn die Ingmarsöhne fürchten niemand und brauchen keinem aus dem Weg zu gehen.

71

Aber um die Weihnachtszeit hat Gott Frieden gesetzt zwischen Tier und Mensch. Das arme Tier hielt Gottes Gebot. Aber wir Menschen brachen es. Darum stehen wir jetzt unter Gottes Strafgericht und dürfen nicht an Prunk und Staat denken."

Der Propst erhob sich und ging zu der alten Frau hin: „Ihr handelt ganz richtig", sagte er, „und sollt Euren Willen haben." Unwillkürlich fügte er, vielleicht mehr zu sich selbst, hinzu: „Die Ingmarsöhne sind großartige Menschen."

Bei diesen Worten richtete sich die Alte ein wenig auf. Einen Augenblick empfand der Propst sie als Sinnbild des ganzen Geschlechts. Er verstand, was Jahrhundert um Jahrhundert diesen schwerblütigen und wortkargen Menschen die Macht verliehen hatte, die Führer eines ganzen Kirchspiels zu sein.

„Es ist die Pflicht der Ingmarsöhne, dem Volk ein Beispiel zu geben", sagte die alte Frau. „Wir müssen zeigen, daß wir demütig sind vor Gott."

Sivan und das frierende Jesuskind

Von *Gregor Schürer*

Von heiligen Kühen ist öfter die Rede. Insbesondere, wenn es darum geht, solche zu schlachten. In Indien ist das verboten, bei uns her versuchen es die Politiker ganz gerne mal. Allerdings meist erfolglos. Von heiligen Ochsen spricht jedoch keiner. Und doch gab es einen. Sivan hieß er und war in Bethlehem zu Hause. Hier ist seine Geschichte:

Sivan lebte vor über 2000 Jahren. Er gehörte einem Wirt, der ein Gasthaus in Bethlehem hatte. Sivan bedeutet „September", und der Wirt nannte ihn so, weil er ihn vor einigen Jahren genau in diesem Monat auf einem Viehmarkt gekauft hatte. Im Frühling, Sommer und Herbst verrichtete er meist Arbeiten auf dem Feld. Er zog die Egge, half beim Pflügen, war vor den Erntewagen gespannt, was eben gerade anstand. Er war ein braves Vieh, ziemlich groß und sehr stark, und sein Herr behandelte ihn gut. Im Winter nahm ihn der Wirt zum Einkaufen mit, er hatte dann schwere Fässer auf den Karren geladen, die der Ochse sicher nach Hause zog. Sonst gab es in dieser Jahreszeit nicht so viel für ihn zu tun, er verbrachte die meiste Zeit im Stall, wo er ein gemütliches Plätzchen in einer Ecke hatte. Dort stand er dann und kaute sein Heu wieder und wieder.

So auch an jenem denkwürdigen Abend im Dezember, als er plötzlich Besuch bekam. Sein Herr brachte zwei Menschen, einen Mann und eine Frau, herein. Sie hatten einen Esel bei sich.

„Hier könnt ihr bleiben", sprach der Wirt mit seiner dröhnenden Stimme. „Nicht gerade eine Luxusherberge, aber es gibt Stroh, auf das man sich legen kann, und es ist warm und trocken hier drin. Ich muss mich jetzt wieder um meine Schenke kümmern!" – Mit diesen Worten verließ der Gastwirt den Stall.

Es sollte eine aufregende Nacht für Sivan werden. Josef, so hieß der Mann, versorgte zunächst den Esel. Danach bereitete er seiner Frau Maria ein Lager. Doch gerade in dem Moment, als sich beide, müde von der langen Reise, niederlegen wollten, setzten bei Maria die Wehen ein. Staunend sah der Ochse zu, wie die Frau einen Jungen zur Welt brachte. Wie Kälber geboren wurden, das hatte Sivan schon gesehen, aber bei Menschenkindern war er noch nie dabei gewesen.

Nun, das Baby war geboren und gestillt, Maria hatte es notdürftig in eine Windel gewickelt und in die Krippe gelegt. Glücklich hatten sie und Josef zugeschaut, bis das Kind eingeschlafen war, dann hatten sich beide völlig erschöpft ebenfalls zur Ruhe gebettet. Der Esel schnarchte ohnehin schon lange vor sich hin. Nur Sivan war wach, das war doch alles ziemlich aufregend für ihn gewesen. Er döste ein wenig vor sich hin, als er plötzlich etwas hörte. Riechen und hören können Rindviecher nämlich ziemlich gut. Das Geräusch kam aus der Krippe. Sivan sah hinein. Das Kind hatte sich im Schlaf freigestrampelt, die Windel war verrutscht und schließlich heruntergefallen. Das Baby weinte nicht, schaute ihn nur mit großen Augen an. Sivan scharrte mit den Hufen, um die Mutter oder den Vater wach zu machen, doch die schliefen tief und fest. Als alles nichts nützte, muhte er aus Leibeskräften. Doch Josef schimpfte nur „Gib Ruhe!" und drehte sich herum.

Sivan bemerkte, dass das Kind fröstelte. Da rückte er bedächtig näher, immerhin wog er fast eine Tonne und konnte leicht etwas zerdrücken. Er öffnete sein Maul und hauchte seinen warmen, nach zermalmtem Heu riechenden Atem in die Krippe. Der Geruch schien den Jungen nicht zu stören, er gluckste nur. So wärmte der Ochse das Kindlein wohl eine halbe Stunde, bis es wieder eingeschlafen war.

Doch wie nun weiter? Er konnte das doch nicht die ganze Nacht machen. Vorsichtig senkte er sein Haupt und versuchte, mit seinen langen, gerade gewachsenen Hörnern das am Boden liegende Tuch aufzugabeln. Nun hatte er nicht gerade einen kleinen Schädel und eckte überall an. Doch geduldig probierte er es immer weiter. „Wenn doch die Hörner nur ein wenig krumm wären", sagte er mehr zu sich selbst, „dann ginge es leichter."

Irgendwie gelang es ihm dann, die Windel mit einer Spitze des Horns aufzuspießen, es kam ihm vor, als habe das eine Ewigkeit gedauert. Er hob das Tuch hoch und schüttelte es über der Krippe ab. Dann zog er es mit seinem unbehaarten feuchten Maul, so gut es eben ging, über das schlafende Kind. Geschafft. Nach dieser für einen Ochsen höchst filigranen Arbeit war Sivan ziemlich erledigt und nickte ein.

Er erwachte von einem Geräusch. Da flirrte etwas, erst im Gebälk und dann um seinen Kopf herum. Was war das? Seltsame kleine Wesen mit Flügeln schwirrten um seinen mächtigen Schädel herum, beinahe sah es aus, als ob er einen Heiligenschein hätte. Sie zogen und zupften an seinen Hörnern herum – was sollte das bloß? Hatten sie das Licht mitgebracht, das plötzlich so hell strahlte?

Späte kamen noch Hirten zu Besuch, um nach dem Kinde zu sehen. Sie erzählten, ein Stern, der über dem Stall stehe, habe sie angelockt.

Von den merkwürdigen Gestalten aus dem Morgenland, die einige Tage später auf seltsamen Tieren mit zwei

Höckern angeritten kamen, ganz zu schweigen. Sivan wurde es jetzt noch ganz komisch, wenn er an die orientalischen Düfte dachte, die die hohen Herren in ihren prächtigen Gewändern mitgebracht hatten.

Einige Tage später – Josef, Maria und das Kind, das sie Jesus nannten, waren längst weitergezogen, zurück nach Nazareth – stand der Wirt im Stall und sah seinen Ochsen lange an. Nachdenklich kratzte er sich am Kopf. Irgendwie hatte Sivan sich verändert. Er wusste zunächst nicht so recht, was anders war. Da plötzlich fiel ihm der Unterschied auf.

„Die Hörner, die Hörner", rief er nur und lief fuchtelnd davon.

Ob nun wirklich die Engel schuld sind, weil sie daran gebogen haben, weiß nur der liebe Gott, jedenfalls haben seit jener Nacht in Bethlehems Stall die Rinder krumme Hörner.

Ein Herzenswunsch

Von *Irene Thomae*

„Zu meiner Zeit", bemerkte Gudrun und faltete akkurat ihre Serviette zusammen, „hatten wir Weihnachten immer Schnee!"

„Ja, es ist ungewöhnlich mild in diesem Jahr", pflichtete Johann ihr bei.

Rainer lächelte seinen Eltern zu. „Das Wetter war so gut in den letzten Tagen, dass Ingrid sogar noch im Garten gewerkelt hat. Ihr wisst, das ist ihr Hobby."

Ingrid zupfte die Manschette ihrer Seidenbluse tiefer über den Handrücken. Hoffentlich fiel es nicht auf. Als sie aufblickte, sah sie, wie die Mundwinkel ihrer Schwiegermutter sich nach unten bogen.

„Zu Weihnachten arbeitet man nicht im Garten! Man schmückt das Haus und bereitet die Festtage vor."

Johann zwinkerte seiner Schwiegertochter über dem Brillenrand zu. „Die Suppe war sehr gut, Ingrid", lenkte er ab, „womit willst du uns als Nächstes verwöhnen?"

„Fenchelsalat und Lammkeule gibt es", entgegnete Ingrid freundlich, „Rainer, kümmerst du dich bitte um den Wein?" Sie trug die Suppentassen nach nebenan, in die offene Küche.

„Oh, du fröhliche, oh, du selige, gnadenbringende ...", jauchzte die CD im Hintergrund, während Ingrid die Soße abschmeckte.

Gudruns energische Stimme übertönte mühelos den Kinderchor: „Und dann habe ich zu deinem Bruder gesagt: ‚Klaus, wenn du deiner Frau nicht energisch verbietest, den Setter ins Wohnzimmer zu lassen, hast du mich das letzte Mal bei euch gesehen!' – Schrecklich, diese Hundehaare! Du duldest ja zum Glück keine Tiere, Rainer. Als du mit Ingrid in dieses Dorf gezogen bist, hatte ich schon das Schlimmste befürchtet."

„Aber, Mutter", hörte sie seine lachende Antwort, „du bist immer so impulsiv! Was haben Klaus und Anne denn zu deiner Drohung gesagt, dass du sie nicht mehr besuchen würdest?"

Gudrun antwortete nicht. Das Prusten und Husten, das Ingrid jetzt vernahm, schien von Johann zu kommen.

„Ich habe nichts gegen Haustiere", fuhr Rainer fort, „es wäre vielleicht ganz nett, eins zu besitzen. In Ingrids Familie gab es zum Beispiel immer Katzen. Aber wir sind beide den ganzen Tag fort, wer sollte sich um ein Tier kümmern? Deshalb habe ich von Anfang an gesagt: ‚In mein Haus kommt keine Katze!'"

Ingrid packte das Sträußchen Minzeblätter, griff ärgerlich nach der Schere und knallte die Schublade zu. „Sein" Haus! Was sollte das? Heute Morgen noch waren sie sich einig gewesen, dass das Essen mit den Eltern am Heiligabend stressig sein würde. Sie war es dann, die gemeint hatte, man könne diese Tradition nicht so einfach fallen lassen. Gemeinsam würden sie es schon schaffen, einen harmonischen Abend zu gestalten. Hatte er nicht daraufhin spontan versprochen, ihr einen Herzenswunsch zu erfüllen, obwohl sie sich eigentlich keine Weihnachtsgeschenke mehr machten? Und jetzt diese Töne! Ingrid spürte, wie ihr Tränen in die Augen schossen. Sie konzentrierte sich darauf, die Minze in die Soße zu schnippeln, bemühte sich um ein Lächeln und servierte den Hauptgang.

Rainer warf ihr einen anerkennenden Blick zu. „Lecker sieht das aus, was du uns da bringst. Überhaupt bist du eine tolle Gastgeberin, hast alles so hübsch dekoriert, und das ganze Haus strahlt Wärme und Geborgenheit aus." Er nahm ihr die Sauciere ab. „Was ist denn mit deiner Hand? Die ist ja ganz zerkratzt."

„Ach", stotterte sie, „ich muss wohl an einer Brombeerranke hängen geblieben sein." Sie verbarg die Hand unter dem Tisch.

„Nun", ließ Gudrun sich vernehmen, „der Weihnachtsbaum ist in der Tat recht ansehnlich. War sicher nicht einfach, solch einen deckenhohen zu besorgen. Was hat er denn gekostet?"

„Der Baum ist aus dem Wald der Nachbarn, mit dem du dich im Sommer über deine Gallensteinoperation unterhalten hast, Mutter", erläuterte Rainer.

Während das Gespräch sich dem unerschöpflichen Thema Krankheit zuwandte, überlegte Ingrid, ob die Außensteckdose des Geräteschuppens auch wirklich eingeschaltet war. Mechanisch räumte sie ab, servierte den Nachtisch und fand eine Gelegenheit, zur Schaltanlage zu schleichen. Alles war in Ordnung, die Kontrolllampe brannte.

Inzwischen war es Zeit für den Kirchgang geworden.

„Sind eure Schuhe auch wasserdicht?", erkundigte sich Rainer bei den Eltern. „Während wir gemütlich bei Tisch saßen, hat es nämlich ganz schön zu regnen begonnen. Wollen wir nicht lieber fahren?"

„Mein lieber Herr Sohn", klagte Gudrun, „kannst du dir nicht endlich merken, dass ich Weihnachten immer zu Fuß in die Kirche gehe? Das gehört sich einfach so!"

Rainer konnte noch lachen, stellte Ingrid fest, aber Johann seufzte in komischer Verzweiflung.

Ein heftiger, kalter Wind trieb ihnen den Regen ins Gesicht, als sie zur Dorfkirche strebten. Die Nachbarn

Friedebach hatten dasselbe Ziel. Man begrüßte sich und wünschte sich ein frohes Fest.

Georg Friedebach hielt Ingrids Hand einen Augenblick in seiner fest. „Was macht …", setzte er an, verstummte aber, als er ihr verhaltenes Kopfschütteln bemerkte.

„Die Kirche ist, wie jedes Jahr, zu klein für die vielen Weihnachts-Christen", flüsterte Rainer Ingrid zu, während sie sich in der hintersten Bank Plätze suchten. „Mach dir nichts draus, wenn Mutter nachher meckert, dass wir früher hätten aufbrechen müssen. Sie ist nun mal so. Du hast eine Engelsgeduld mit ihr. Danke dir!"

Ingrid spürte ihr Herz heftig klopfen. Sollte sie es ihm jetzt sagen? – Zu spät, der Gottesdienst begann. Schon bald war sie nicht mehr bei der Sache. Ihre Gedanken stahlen sich ganz von selbst zur Kirchentür hinaus, durch Wind und Regen zurück zum Haus, in den Garten und in den Geräteschuppen. Sie hatte getan, was sie konnte: einen Ballen Stroh vom Nachbarn Friedebach besorgt, einen Karton Sand in die Ecke gestellt, Futter gekauft und sogar ein Heizkissen an die Steckdose angeschlossen. – Die Schuppentür, die ewig klemmende, hatte sie die fest zugemacht? Oder nur angelehnt, wie sie es meistens tat? Unruhig rutschte sie auf der Kirchenbank hin und her. Sie konnte sich beim besten Willen nicht genau erinnern.

Auf dem Heimweg hörte sie nur mit halbem Ohr zu, wie Johann und Rainer sich bemühten, Gudrun zu beschwichtigen. Nur noch, wie jedes Jahr, ein Gläschen Glühwein, dann würde Rainer seine Eltern nach Hause fahren, und alles wäre wie vorher. Alles? Sie dachte an den Geräteschuppen.

„Was ist denn das da?!" Rainer hielt erstaunt auf der Straße vor dem Haus inne und wies mit ausgestreckter Hand zur Haustür.

Ingrid erstarrte. „Ich kann es nicht erkennen", log sie.
Gudrun war sofort zur Stelle. „Igitt!", rief sie, „ein Tier!
Nass und schmutzig!"

Rainer und Johann gingen zur Haustür, beugten sich
nieder zur Schwelle.

„Eine Katze", brummte Johann, „und ziemlich verhungert scheint sie zu sein."

Rainer wandte sich um. „Ingrid, wo bleibst du denn?
Wir müssen doch was unternehmen! Ich kenn mich nicht
aus mit Katzen; sag mir, was ich tun soll!"

Ingrid wusste nicht, ob sie lachen oder weinen sollte.
Sie hob das gescheckte Fellbündelchen auf, und während
sie es an sich drückte, spürte sie, wie hinter den zarten
Rippen heftig das kleine Herz pochte.

„Ausreißer!", flüsterte sie, und laut sagte sie: „Komm,
Rainer, wir gehen ins Bad!" Im Weitergehen murmelte
sie dem Kätzchen ins Ohr: „War klug von dir, dich direkt
vor die Haustür zu setzen."

Während sie das Miezchen festhielt, rubbelte Rainer
vorsichtig das Fell mit einem Handtuch ab.

„Schau mal, die grauen Flecken werden immer weißer! – Ganz hellgrüne Augen hat das Kätzchen!", staunte
er.

Unterdessen erzählte Ingrid ihm die ganze Geschichte:
Wie sie das streunende, ängstliche Tier über Tagen im
Garten beobachtet, mit des Nachbarn Hilfe angelockt,
trotz heftiger Gegenwehr gefangen und schließlich im
Schuppen einquartiert hatte, mit Futter und Heizkissen
versorgt, und wie sie die ganze Zeit überlegt hatte, auf
welche Weise sie ihm das Hergelaufene als Familienmit-
glied präsentieren könne.

„Heute Morgen wolltest du mir einen Herzenswunsch
erfüllen", lächelte sie, „das muss der Stromer geahnt

haben, deshalb hat er sich einfach vor die Tür dir in den Weg gesetzt."

„Und mir dadurch geholfen, mein Versprechen prompt zu erfüllen!" Strahlend gab er ihr einen Kuss auf die Nasenspitze.

Sie setzten das trocken gerubbelte, noch recht zerzauste Tierchen in einen mit warmen Tüchern ausgepolsterten Karton und trugen es ins Wohnzimmer, wo Johann und Gudrun beim Glühwein saßen.

„Bis diese Katze für euch Mäuse fängt, müsst ihr noch viel Futter investieren", schmunzelte Johann.

Ingrid schenkte ihm nach, goss sich selbst ein Glas ein und lehnte sich im Sessel zurück. Schnurrdiburr, dachte sie, wäre ein hübscher Name für den schwarz-weißen Hausgenossen mit den grünen Augen.

„Haaren Katzen genauso schlimm wie Hunde?", erkundigte sich Gudrun und nippte an ihrem Glas. „Übrigens, mein lieber Rainer, ich dachte, in dein Haus kommt keine Katze?!"

Rainer zog die Augenbrauen zusammen, antwortete aber nicht. Ingrid streckte eine Hand nach dem Kuschelkarton aus und begann, Schnurrdiburrs Fell glatt zu streicheln. Zaghaftes Schnurren ertönte.

„Ihr solltet wissen, dass Rainer sich durchgesetzt hat", verkündete sie, „es ist keine Katze, es ist ein Kater!"

Futter für den Weihnachtsmann

Von *Andrea Schacht*

Die Kinder riefen ihn Père Noël. Zum einen, weil er wirklich Noël hieß, aber das wußte kaum noch jemand. Zum
anderen, weil er einen wunderschönen, dichten, schnee-
weißen Weihnachtsmannbart besaß, obwohl sein Haupt-
haar schon so gut wie nicht mehr vorhanden war. Auf
seinen weißen Bart war Noël stolz und pflegte ihn mit
Hingabe. Er reichte wie schimmernde, leicht gewellte
Seidenwatte bis auf seine Brust. Ansonsten machte er
sich wenig aus seinem Äußeren. Ausgebeulte, derbe Ho-
sen, karierte Flanellhemden, Hosenträger und je nach
Witterung drei oder vier Pullover unterschiedlichster
Farbe übereinander bildeten seine übliche Bekleidung.
Im Sommer trug er ausgetretene Ledersandalen an den
knochigen Füßen. Im Winter ersetzte er sie durch grüne
Gummistiefel. Seinen kahlen Kopf schützte er vor Sonne,
Wind und Regen mit einer schwarzen Strickmütze, und
wenn es sehr kalt war, wickelte er sich einen roten Schal
um den Hals.

Er wohnte alleine in einem uralten Fischerhäuschen unten an dem kleinen Hafen und pflegte liebevoll die Hortensienbüsche, die neben der Haustür und an der niedrigen Bruchsteinmauer wuchsen, so daß sie den ganzen
Sommer über einen blau-rosa Wall um das Grundstück
bildeten. Ansonsten zog er tagein, tagaus, wenn die Ebbe
einsetzte, auf das Watt hinaus, um mit einem Eimer und
einem Handrechen im feuchten Sand nach Muscheln und
Krebsen zu suchen. Er brachte immer einen vollen Eimer
mit nach Hause, und die Touristen, die sich im Sommer

ebenfalls an diesem bretonischen Volkssport beteiligten, wurden regelmäßig blaß vor Neid, wenn sie seine Ausbeute sahen. Doch sie wußten nicht, wie genügsam der Alte war – was er sammelte, stellte seine Hauptnahrung dar, zusammen mit dem Wein, in dem er die Muscheln kochte, und dem Brot, mit dem er die Sauce dann auftunkte.

Wenn aber die Flut hereinkam, nahm Père Noël sein Angelzeug und setzte sich draußen auf die Mole. Dort schaukelten die bunten Fischerbötchen auf den Wellen, und dann und wann legte im Sommer auch einmal ein fremdes Segelboot an. Der Alte bot für Dorfbewohner und Besucher ein vertrautes Bild. So einen wie ihn gab es in jedem Hafen. Für gewöhnlich wurden die Angler an solchen Stellen von den kreischenden und höhnisch lachenden Möwen umflattert, die darauf warteten, daß ein Fisch für sie abfallen würde.

Nicht jedoch dort, wo der weißbärtige Alte seine Angel auswarf. Um ihn herum versammelte sich eine gänzlich andere Kundschaft. Es war immer dasselbe Schauspiel – kaum hatte er sich gemütlich niedergesetzt, konnte man beobachten, wie Leben unter den aufgetürmten Gesteinsbrocken aufkam, welche die Umfassung des winzigen Hafens bildeten. Dann kamen aus ihren Verstecken und schützenden Höhlen die mageren wilden Katzen hervor. Manche waren struppige Gesellen, die schon seit Generationen das wilde Leben meisterten. Grau getigert waren sie oder manchmal auch einfach schwarz. Die meisten trugen Narben vom Kampf mit der Natur und ihresgleichen. Da gab es einen abgeknickten Schwanz, eine halbe Pfote, ein eingerissenes Ohr, ein fehlendes Auge, Schrammen im Fell und kahle Stellen. Andere Katzen hingegen sahen gepflegter aus – nicht viel allerdings, denn Sand und Salzwasser ließen auch den schönsten Pelz glanzlos und spröde werden. Eine blauäugige Siamkatze hinkte ein wenig, eine stämmige Maine Coon hatte filzige Stellen im Fell, doch die kleine Burma und die blaugraue Karthäuserin hatten sich gut angepaßt, seit ihre Menschen sie im Urlaub gewissermaßen verloren hatten. Alle Katzen, sowohl die einheimischen als auch die fremden, wußten genau, daß Père Noël sich um sie kümmerte. Denn was immer er an Fischen an seiner Angel aus dem Wasser holte, teilte er gerecht unter ihnen auf, Tag für Tag, bei jedem Wetter. Nur wenn es sehr stürmisch war und die Wellen über die Mole tobten, dann fanden die Katzen im Schutz der Hortensienhecken seines Hauses eine Schüssel mit Trockenfutter vor.

Keine von ihnen litt je Hunger.

Die Katzen mochten den alten Mann nicht nur, weil er sie fütterte. Nein, sie mochten ihn auch, weil er mit ihnen sprach. Ein bißchen brummig war sein Tonfall schon, aber er hatte für jede von ihnen einen Namen gefunden, und nach und nach hatten sie sich daran gewöhnt und hörten darauf, wenn er sie rief. Sie waren für ihn und die Dorfbewohner und auch untereinander Madeleine und Emmi, Minette und Minou, Alwin und Merlin, Gris-Gris und Jeannette, Huel und Pierre. Sie kamen auch zu ihm, wenn sie verletzt oder krank waren, denn er wusch ihre Wunden aus, flößte ihnen Kräutertropfen ein und richtete ihnen ein Lager in seinem Haus, wenn sie eine Weile ausruhen mußten. Er hielt sie jedoch nicht fest, er akzeptierte ihren Wunsch nach Freiheit und Unabhängigkeit. So, wie auch er seine Freiheit und Unabhängigkeit liebte. Er hatte für die Katzen unten in seine Haustür eine Öffnung gesägt und mit einem dicken Lederlappen so verhängt, daß die Patienten, wenn sie denn wieder genesen waren, jederzeit das Haus verlassen oder auch zurückkehren konnten, wenn es notwendig war.

Der Winter war, wie in jenem Landstrich üblich, mild, doch am Weihnachtsmorgen war es plötzlich sehr kalt geworden. Ein eisiger Wind fegte über das Meer. Als Père Noël gegen Mittag aus dem Haus trat, um zum Strand zu gehen, rutschte er vor der Haustür aus und fiel so unglücklich auf die hartgefrorene Erde, daß er für einen Moment das Bewußtsein verlor. Als er wieder zu sich kam, schmerzte ihn sein Fuß entsetzlich und machte es ihm unmöglich aufzutreten. Er kroch in sein Häuschen zurück und bekam gerade noch den Stiefel ausgezogen, ehe der verrenkte Knöchel dick anschwoll. Er bandagierte ihn fest, setzte sich dann erschöpft in seinen Sessel und hoffte, die Schmerzen würden bis zum Abend abklingen.

Überall im Dorf feierte man das Weihnachtsfest. Aus den Fenstern leuchtete es golden von Kerzenlicht, aus den Kaminen kräuselte sich der duftende Holzrauch in die sternfunkelnde Nacht, und die Glocken der Dorfkirche läuteten. Die Menschen in ihren warmen, geschmückten Häusern fanden sich zu ihrem festlichen, üppigen Mahl im Kreise ihrer Familien und Freunde zusammen. Nur das Fischerhäuschen blieb dunkel. Hier gab es an diesem Abend keinen Gänsebraten, keine heiße Suppe, kein knuspriges Brot mit salziger Butter, keine delikaten Häppchen, keine würzigen Käse, keine Soufflés, keine Pralinés und keine Kekse. Es gab noch nicht einmal Muscheln, sondern nur einen Rest altbackenen Brotes. Père Noël hatte es nicht geschafft, aus dem Haus zu humpeln, und seine Nachbarn hatten den Eigenbrötler wegen ihrer eigenen Festtagsvorbereitungen völlig vergessen.

Die menschlichen Nachbarn, andere nicht ...

Am Strand geschah etwas Ungewöhnliches. Aus den Höhlen unter den Steinen kamen schweigend und leise die Katzen hervor. Sie versammelten sich in einem großen Kreis unterhalb der Mole, und wenn auch kein Laut zu hören war, so tauschten sie doch ihre Gedanken aus. So wie es Katzen, die in freier Gemeinschaft miteinander leben, eben tun. Es ging nicht sehr schnell, denn es gab vieles zu bedenken. Manche hatten Einwände, andere wirre Ideen, die eine Katze war vorlaut, die nächste schüchtern. Nur in einem waren sie sich einig: Es mußte etwas getan werden. Schließlich, als der Mond seinen langen, glitzernden Silberstreif über das aufgewühlte Meer warf, löste sich die Versammlung auf, und eine jede Katze lief eilig dem selbstgewählten Ziel zu.

Einige hatten sich wirklich schwierige Aufgaben gestellt, andere fanden einfache Lösungen für ihr Vorhaben. Letztlich war eine jede erfolgreich. Denn wenn eine Katze in ein Haus will, dann kommt sie auch hinein. Und wenn eine Katze aus einem Haus hinaus will, dann schafft sie auch das.

Jeannette, die hinkende Siamkatze, war die erste, die ihre Beute machte. Sie hatte vor geraumer Zeit einen Einschlupf in das Haus von Madame Rougette, der Besitzerin des Schönheitssalons, gefunden. Da sie äußerst geschickt in kleinen Diebstählen war, gelang es ihr, in einem unbeaufsichtigten Moment in der Küche etwas zu organisieren. Mit einem gebratenen Hühnerbein im Maul trabte sie auf das Fischerhäuschen zu. Sie stieß den

Lederlappen zur Seite und trat in die dunkle Stube. Père Noël saß noch immer in seinem Sessel, er war nun aber in der Dunkelheit ein wenig eingenickt. Jeannette hüpfte auf seinen Schoß und murrte in ihrer feinen Siamstimme leise auf ihn ein. Er erwachte und betrachtete erstaunt das noch warme Hühnerbein.

„Das war sehr ungezogen von dir, Jeannette!" ermahnte er sie, aber so ganz vorwurfsvoll hörte es sich nicht an. Darum ließ sie ihre Beute auf den Tisch fallen und musterte ihn herausfordernd.

In diesem Moment kam Minou ins Haus, sie kollerte eine dicke Orange vor seine Füße. Sie hatte sich in das Haus des Metzgermeisters eingeschmuggelt und dort die Obstschale umgekippt. Das Pfotenspiel mit runden Gegenständen hatte ihr schon immer Freude bereitet, weshalb sie den langen Weg in kürzester Zeit zurückgelegt hatte. Ihr folgte Minette mit einem halben Baguette. Ein bißchen sandig war das Brot unterwegs leider geworden, weil es ihr erst einmal aus dem Fenster gefallen und dann so unhandlich zu schleppen war, aber es war ganz frisch und knusprig, und wenn man es abwischte, konnte man es noch genießen.

Jeannette, Minou und Minette hockten nebeneinander mit verschränkten Schwänzen vor dem Tisch und schienen förmlich zu grinsen. Père Noël verstand und begann zu lachen. Dann humpelte er in die Küche, brachte einen Teller, Bestecke und eine Kerze herbei und richtete den Tisch für sein Weihnachtsmahl.

Pierre, der einäugige Kater, hatte sich etwas ganz Besonderes vorgenommen. Bei dem Bürgermeister des kleinen Örtchens hatte sich eine größere Gesellschaft versammelt, die sich an einem umfangreichen Buffet labte. Die Käseplatte war überaus reichhaltig sortiert. Dieser genau richtig gereifte Camembert sollte es sein, beschloß Pierre, der gelegentlich auch ein Genießer war. In einem Augenblick, als alle in Ahs und Ohs über das flambierte Soufflé ausbrachen, schubste er ihn von der Platte und rollte ihn zur Tür. Es war nicht einfach mit dem Käse im Maul unbemerkt zwischen all den Beinen hindurchzuschleichen. Doch in einem gut gewählten Augenblick gelang es ihm, aus der Tür zu huschen, als ein Nachzügler eingelassen wurde. Beinahe hätte man ihn erwischt, denn die Besitzerin der Papeterie schrie: „Huch, da ist etwas an meinen Beinen entlanggestrichen."

Glücklich in den Schutz der Nacht entkommen, packte Pierre den Käse mit den Zähnen. Daß er dabei einen Happen verschluckte, darf man ihm nicht ankreiden. Er schaffte es, mehr als die Hälfte zu Père Noël zu bringen. Hier hatten währenddessen die beiden kleinen Söhne von Minette jeweils eine Clementine und einen Bratapfel herangerollt. Der Apfel war jedoch in keinem guten Zustand.

Huel mit dem halben Schwanz hatte das Haus des Pfarrers belauert und fand zu seiner großen Freude, daß der gute Abbé den Wein zum Kühlen vor das Fenster gestellt hatte. Sehr vorsichtig begann der Kater, eine Flasche davon den Gartenweg hinunterzurollen. Umsichtig hielt er sie fest, als er an den Bordstein kam. Er wußte aus unschöner Erfahrung, wie schnell Flaschen zerbrechen konnten und scharfe Scherben bildeten. Père Noël hatte ihm erst kürzlich eine böse Schnittwunde verbinden müssen, die er sich an einem Glas geholt hatte, das unaufmerksame Menschen am Strand liegengelassen hatten. Ihm war das Glück in dieser Nacht jedoch hold, der Weg zum Fischerhäuschen war leicht abschüssig, er mußte die rollende Flasche nur ein wenig mit den Pfoten korrigieren.

Dann kostete es noch einmal eine kleine Anstrengung, sie durch die Katzenklappe in der Tür zu bugsieren, aber dabei half ihm die pfotenfertige Jeannette schließlich.

Gris-Gris, die graue Karthäuserin, war inzwischen auch eingetroffen. Stolz, mit aufgerichtetem Schwanz und funkelnden Augen, präsentierte sie einen Beutel mit selbstgemachten Pralinés aus dem Haus der Dorfschullehrerin. Sie war nur um Haaresbreite unentdeckt entkommen, als zwei Kinder mit ihren kleinen Präsenten an der Tür klingelten.

Père Noël lobte sie genauso ausgiebig wie die anderen zuvor und streichelte ihr samtiges Fell. Zufrieden rollte Gris-Gris sich neben Minette vor dem Kamin zusammen.

Merlin, der alte Kater mit den vielen Schrammen und Narben, hatte einen besonderen Fang gemacht. Bei dem als Feinschmecker bekannten Garagisten Kermichel fand sich in der Küche ein Döschen Kaviar. Merlin ahnte zwar nicht, daß es der besondere Leckerbissen war, den sich Kermichel an diesem Tag mit selbstgemachten Blinis und saurer Sahne gönnen wollte. Aber Dosen enthielten gewöhnlich Köstlichkeiten, wie der Kater in seinem langen Leben gelernt hatte. Darum stupste er mit geübter Pfote seine Beute vom Küchenbord und rollte sie durch die Terrassentür, als der Hausbesitzer die Weihnachtsbeleuchtung an dem Tannenbaum im Garten anstellte. Der empörte Schrei, den Kermichel ausstieß, als er den Diebstahl entdeckte, gellte Merlin noch in den Ohren, nachdem er die Hortensienbüsche vor dem Fischerhaus erreicht hatte.

Bella traf zusammen mit ihm ein und gurgelte zufrieden, als sie es endlich geschafft hatte, mit dem gebackenen Fisch um Maul durch den Einschlupf zu kriechen.

Bevor es ihr gelang, mit ihm auf den Tisch zu springen, auf dem sich inzwischen die Köstlichkeiten häuften, zerbrach der Fisch in zwei Stücke, und so betrachtete sie es als ihr gutes Recht, das kleinere, das auf dem Boden geblieben war, selbst zu verspeisen, was ihr einen Rüffel von Jeannette eintrug. Père Noël jedoch lobte sie, wie er eine jede von ihnen bisher gelobt hatte.

Die kleine Burma hatte es sich richtig schwergemacht. Sie war eine ganz zierliche Katze, mehr Fell als Fleisch, und mühte sich mit einer gewaltigen Portion Marzipanstollen ab. Sie hatte die deutsche Familie überfallen, die das geräumige Ferienhaus hinter der Düne gemietet hatte. Der Kuchen war in einem Beutel verpackt, auf dem Glitzersterne klebten – ein Geschenk, das man den Abtrünnigen nachgeschickt hatte, die sich weigerten, die Feiertage in der Heimat zu verbringen. Diese goldenen und silbernen Sternchen blieben bei dem unbeholfenen Transport auf der Strecke, und als sie das Fischerhaus erreicht hatte, konnte man ihren Weg anhand der Glitzerspur gut verfolgen.

Emmi mit der halben Pfote verursachte auch eine Spur. Sie hatte in der Boulangerie eine Tüte gesalzener Nüsse ergattert, die leider an einer Ecke aufgerissen war. Immerhin – noch gut die Hälfte kam bei Père Noël an.

Es waren diese beiden Spuren, die das Treiben der Raubkatzen schließlich ans Licht brachten. Die Zwillingssöhne des Bürgermeisters, Jean und Francis, die ihre Weihnachtsgeschenke, zwei Fahrräder, doch noch mal ganz schnell vor der Tür ausprobieren mußten, sahen die Nüsse und vor allem die flimmernden Sternchen auf der Straße liegen. Sie wunderten sich kurz darüber, aber gleich darauf fiel ihnen Madeleine, die Tigerkatze, auf, die von der Patisserie zum Fischerhäuschen strebte und eine Tüte Schokoladenbonbons hinter sich herzerrte.

Neugierig ließen sie ihre Fahrräder stehen und schlichen ihr vorsichtig nach.

„Sie bringen ja Père Noël ein Weihnachtsgeschenk!" flüsterte Jean und kicherte.

„Das macht ja auch sonst keiner!" stellte sein Bruder plötzlich sehr viel ernster fest. „Armer Père Noël."

Auch Jean betrachtete nachdenklich die emsige Madeleine, die eben durch den Einschlupf in der Tür verschwand. Die beiden waren gutmütige Jungen, und ein gegenseitiger Blick genügte, um sich miteinander zu verständigen. Der alte Mann war immer nett zu ihnen und hatte ihnen im Sommer die besten Stellen zum Muschelsuchen gezeigt. Daß er sich um die streunenden Katzen kümmerte, war allen im Dorf wohlbekannt.

„Schau, noch eine Katze! Sie hat eine Wurst dabei", wies Francis seinen Bruder hin. „Und wie sie sich anstrengt!"

Alwin, der aufstrebende Jungkater, trug voller Stolz quer im Maul seine Trophäe, machte aber einen ängstlichen Satz, als er die Jungen erblickte, und huschte geschwind unter die Hecke, wobei er die Wurst mitten auf der Straße verlor. Jean hob sie auf und legte sie dort ab, wo der Kater verschwunden war.

„Was macht ihr denn hier?" fragte eine helle Mädchenstimme hinter ihm.

Das deutsche Mädchen aus dem Ferienhaus hinter der Düne hatte die Jungen vom Fenster aus beobachtet und war neugierig geworden. Ein wenig holprig klang ihr Französisch zwar noch, aber sie verstand, was die Zwillinge ihr erzählten.

„Ich werde es meiner Mutter sagen. Wir bringen ihm Kuchen. Sie mag den Vater Noël auch."

„Und wir sollten es Maman sagen. Sie kann Père Noël bestimmt etwas von unserem Buffet hinüberbringen."

Madame hörte sich wie die anderen Gäste die Geschichte ihrer Kinder mit wachsendem Erstaunen an.

„Natürlich bringen wir ihm etwas vom Buffet!" entschied der Bürgermeister. „Marie, mach ein Tablett fertig, ich trage es selbst zu ihm hinüber."

Jean und Francis zwinkerten sich zu.

„Was die Katzen können, können wir auch!"

Unbemerkt schlichen sie sich aus dem Haus, als ihr Vater mit einem wohlgefüllten Korb zum Fischerhaus marschierte. Die Tochter des Bäckermeisters hörte sich genauso begeistert die Geschichte an wie der Sohn des Metzgers, der wiederum hinterbrachte es dem Pfarrer, der sofort mit Kermichel, dem Garagisten, sprach, der die Lehrerin aufsuchte, welche Madame Rougette benachrichtigte, die in der Patisserie vorbeischaute.

Als der Bürgermeister an Père Noëls Tür klopfte, wurde er von innen hereingerufen. Das Bild, das sich ihm bot, war umwerfend. Der weißbärtige Alte saß in seinem Sessel, den verbundenen Fuß auf einen Schemel gelegt. Auf seinem Tisch häuften sich die seltsamsten Lebensmittel. Und überall saßen Katzen – sehr aufrecht, mit gespitzten Ohren und peitschenden Schwänzen. Ihre Augen leuchteten gespenstisch in dem nur von einer Kerze und dem Kaminfeuer erhellten Raum, und ihre Blicke waren starr auf den Besucher gerichtet.

Père Noël wies mit einer sehr beredten Geste auf seinen Fuß und sagte: „Monsieur le Maire, Sie werden entschuldigen, wenn ich nicht aufstehen kann. Heute Morgen habe ich einen kleinen, dummen Unfall gehabt."

„Bleiben Sie sitzen, um Himmels willen. Warum haben Sie uns nicht verständigt?"

„Ich wollte nicht stören, Monsieur. Sie haben Gäste. Und – wie Sie sehen, ich auch!"

„Was für ein Weihnachtsfest!"

Der Bürgermeister schüttelte, noch immer überwältigt, den Kopf, stellte seinen Korb ab und beugte sich zu Pierre, dem einäugigen Kater, hinab.

„Dich habe ich doch vorhin in unserem Haus gesehen?"

„Einen sehr wohlschmeckenden Käse hat er mir gebracht."

„Ah, Räuber du!" meinte der Bürgermeister, doch es klang nicht böse, sondern nur bewundernd. Ganz vorsichtig strich er dem schwarzen Kater über das rauhe Fell. Erst zuckte Pierre ein Stückchen zurück, aber ein Brummen von Père Noël beruhigte ihn, und er ließ sich weiter streicheln.

Als ob das ein Zeichen gewesen wäre, kamen nun die menschlichen Besucher einer nach dem anderen mit ihren Taschen und Tüten, Körben und Tabletts, Flaschen und Gläsern. Das Fischerhäuschen war fast zu klein für all die Menschen und Katzen, die sich zusammenfanden und ein höchst improvisiertes Festessen um Père Noël einnahmen. Dabei kamen übrigens die Katzen nicht zu kurz …

Schließlich, als sich das Fest schon fast dem Ende zuneigte, maunzte es noch einmal vor der Tür. Dindon, der graue Maine Coon-Kater, der am längsten gebraucht hatte, um einen Beitrag zu Père Noëls Weihnachtsessen zu leisten, war endlich auch eingetroffen. Er war nicht der Klügste unter seinesgleichen, doch er liebte den alten Mann innig. Darum hatte er sich auch besondere Mühe gegeben. Stundenlang hatte er in der eisigen Kälte ausgeharrt und gelauert. Nun legte er mit großer Geste eine fette Maus auf den Teller von Père Noël.

In genau diesem Moment wußte er jedoch, daß er wieder einmal alles falsch gemacht hatte, und erwartete mit hängendem Schwanz das übliche hämische Gelächter.

Doch es lachte niemand.

Statt dessen strich ihm Père Noël zärtlich über den Kopf, murmelte ihm lobende Worte in die Ohren und hob ihn schließlich auf seinen Schoß.

Dindon war unendlich glücklich.

Ach ja, seit jenem Weihnachtsabend gab es in dem Dorf keine streunenden Katzen mehr. Nicht, weil sie ausgewandert wären, sondern weil sie alle auf ihre Weise ein neues Heim gefunden hatten.

Pierre, der Einäugige, fand ein Zuhause bei dem Bürgermeister, wo er sich wunderbar mit den beiden Zwillingen verstand. Sein rauhes Fell schimmert seitdem wie glänzende Seide. Huel mit dem halben Schwanz und seine Freundin Bella teilen ihr Heim mit dem Pfarrer und besitzen zwischen den uralten Grabsteinen auf dem Kirchhof ein ergiebiges Jagdrevier. Aber auch ihre Futternäpfe sind immer gut gefüllt. Emmi mit der halben Pfote entdeckt man zwischen den Brotkörben der Boulangerie behaglich zusammengerollt, und ihr Fell duftet jetzt häufig nach frischgebackenem Brot. Die Lehrerin verliebte sich in Gris-Gris, was auf Gegenseitigkeit beruhte, und sie verzieh ihr umgehend den Diebstahl der Pralinés. Merlin hingegen freundete sich mit dem Garagisten Kermichel an, der in ihm einen gleichgesinnten Feinschmecker fand. Der struppige Kater bekam auf seine alten Tage von nun an jeden Sonntag ein Häppchen Kaviar, bis er im Frühling friedlich einschlief. Minette und ihre beiden Kleinen zogen in den Kindergarten, wo sie herrlich mit dem Nachwuchs des Dorfes herumtoben dürfen. Minou und der stramme Jungkater Alwin wurden in der Boucherie aufgenommen, wo sie bald ernste Gewichtsprobleme bekamen. Die Besitzerin der Patisserie lud Madeleine zu sich ein, ein Angebot, das gerne angenommen wurde. Jeannette, die geschwätzige Siamesin, bezog den Schönheitssalon und dient Madame Rougette mit ihren eleganten Posen trefflich als Aushängeschild. Die kleine Burma hingegen verließ das bretonische Dorf. Sie reiste mit der deutschen Familie nach den Weihnachtsferien ab.

Dindon blieb bei Père Noël, und irgendwie schien es, als würde er mit jedem Tag klüger. Morgens sieht man ihn nämlich immer mit wachsamem Blick auf der Zeitung liegen …

Doch an den schönen Tagen, wenn Père Noëls weißer Bart auf der Mole im Sonnenlicht aufleuchtet, dann kann keiner der neuen Katzenbesitzer sein Tier bei sich behalten. Dann versammeln sich alle, die geblieben sind, wie in alten Zeiten am Strand und warten geduldig auf ihr Häppchen Fisch.

Ein neuer Freund

Von *Hildegard Levenig-Einert*

Unser sonst so ruhiger und ausgeglichener schwarzer Kater „Hans-Günther", der seine Tage wie viele andere Katzen am liebsten mit Fressen, Schlafen und Schmusen verbrachte, verhielt sich seit einigen Tagen recht merkwürdig. Er schreckte im Schlaf hoch, rannte zur Haustür und setzte sich auf der obersten Treppenstufe vor der Tür auf sein Kissen, um dort stundenlang einen Beobachtungsposten einzunehmen. Nicht, dass er so was noch nie getan hätte, nur hatten wir gerade Mitte Dezember, und zu dieser Jahreszeit bevorzugte „Hans-Günther" normalerweise kuschelige Plätze innerhalb unseres Hauses.

Da der Kater seinen Posten selbst in der Nacht nur selten verließ, konnte unsere kleine Tochter kaum einschlafen, denn sie hatte sich daran gewöhnt, dass „Hans-Günther" auf ihrem Bett am Fußende schlief. Nun stand sie mindestens fünfmal in der Nacht auf, ging zur Haustür und versuchte vergeblich, den Kater zum Hereinkommen zu bewegen.

Mich beschlich der Verdacht, dass sich in unserer Straße wieder irgendetwas herumtrieb, was „Hans-Günthers" volle Aufmerksamkeit hatte, und begann den Kater abends draußen zu beobachten, konnte aber nichts entdecken.

Zum Jahreswechsel ließen wir den Kater ab Mittag nicht mehr vor die Tür, weil wir wussten, wie er auf die zu erwartende gigantische Knallerei unserer Nachbarn reagieren würde. „Hans-Günther" reagierte auf diesen

97

Freiheitsentzug völlig unerwartet: Er war aufs Äußerste beleidigt und wollte sich von niemandem trösten lassen.

Als sich gegen drei Uhr am Neujahrsmorgen alle Feuerwerke abgebrannt und sich alles wieder beruhigt hatte, ließen wir „Hans-Günther" wieder vor die Haustür und entriegelten die Katzenklappe, sodass er jederzeit ins Haus zurückkommen konnte, wenn wir zu Bett gegangen waren.

Ich freute mich auf ein langes Ausschlafen. Doch im Morgengrauen drang ein mir wohlbekanntes Krächzen in meine Träume. Ich hatte einige Mühe, meine Augen zu öffnen – und erschrak: Ich schaute direkt in „Hans-Günthers" gelbe Augen. Er stand mit seinen Vorderpfoten auf meinem Kissen und berührte mit seinem riesigen Kopf fast mein Gesicht. Das hatte er noch nie getan. In all der langen Zeit, in der er bei uns war, hatte er uns noch nie beim Schlafen gestört.

„Du hast doch dein Futter und Trinken im Flur", sagte ich müde, „ich will schlafen."

Doch der Kater gab einfach keine Ruhe.

„Okay, sieht ja niemand, kannst unter meiner Decke schlafen", hörte ich mich sagen.

Statt mein Angebot anzunehmen, wurde „Hans-Günther" immer unruhiger und sein Krächzen immer eindringlicher. Er sprang vom Bett und lief so aufgeregt hin und her, dass mir nichts anderes übrig blieb, als mich so müde, wie ich war, aus dem kuscheligen Bett zu quälen. Mit leisen Flüchen folgte ich dem schwarzen Schlafkiller zur Haustür. „Hans-Günther" wollte augenscheinlich nur nach draußen. Wieso holte er mich dazu aus dem Bett? Er konnte ja jederzeit durch die Katzenklappe ins Freie. Ich öffnete also die Hautür einen Spalt, ließ den Kater hindurch und war in Gedanken bereits wieder in meinem warmen Bett. Das war nicht, was „Hans-Günther" wollte. Er krächzte vor der Tür weiter und hörte nicht auf. Ich kam mir fast vor, wie in einem Lassie-Film, wo das gute Tier durch beharrliches Bellen sein Herrchen immer dazu bewegen konnte, das Richtige zu tun. Auch wenn ich mir ein wenig sonderbar vorkam, nahm ich meine Jacke von der Garderobe und folgte dem Kater weiter nach draußen. „Hans-Günther" lief schnurstracks unter das vor unserem Haus geparkte Auto und war für mich nicht mehr zu sehen.

Ich starrte eine ganze Weile auf das Auto, unter dem mein Kater verschwunden war. Wenn ein grünes Männchen zum Vorschein gekommen wäre, es hätte mich nicht sonderlich überrascht. Als ich mich gerade wieder umdrehen wollte, um ins Haus zurückzugehen, kam „Hans-Günther" unter dem Auto hervor und krächzte rufend. Da mich die Kälte inzwischen wach gemacht hatte, war auch meine Neugier geweckt. Ich näherte mich langsam dem Auto, ging neben ihm tief in die Hocke und schaute unter das Fahrzeug.

Obwohl es noch nicht hell war, konnte ich erkennen, dass neben „Hans-Günther" noch etwas anderes unter dem Auto war. Es war eine kleine graue Katze, die mich ängstlich anschaute.

Das war also der Grund für „Hans-Günthers" seltsames Verhalten. Er wollte mir dieses kleine Geschöpf zeigen. Instinktiv begann ich mit der kleinen Katze zu sprechen wie mit einem verängstigten Kind. Ich versicherte ihr, dass sie keine Angst zu haben brauche, dass „Hans-Günther" auch mein Freund sei, dass sie willkommen sei. Eine ganze Weile hockten wir uns gegenüber, bis sie schließlich laut miaute und auf mich zukam. Ihr Bewegungsablauf war allerdings sehr eigenartig. Als ich genauer hinsah, erkannte ich, warum: Ihr fehlte der linke Hinterlauf.

Die kleine Katze erreichte meine Beine und schlängelte sich unter Schnurren zwischen ihnen durch. „Hans-Günther" war offensichtlich der Meinung, dass die Begrüßungszeremonie nun abgeschlossen sei, verließ seinen Platz unter dem Auto und schritt in Richtung Haustür. Die kleine Katze verstand das als Aufforderung und folgte ihrem großen Freund mit einigem Abstand. Als ich als letzte des seltsamen Trios den Flur unseres Hauses betrat, saß die kleine Katze vor dem Futternapf ihres großen Freundes und fraß ihn leer. „Hans-Günther" saß etwa einen Meter entfernt und schaute ihr zu.

Sein Verhalten berührte mich doch sehr. Er, dieser alte geschundene Kater, hatte mir dieses offenbar verwaiste, hilflose Wesen zeigen wollen und überließ ihm auch noch sein Futter. „Hans-Günther" war ganz offensichtlich zufrieden. Er schnurrte und schmuste kurz mit mir, um sich dann auf der Couch in seine weiche Decke einzukuscheln.

So saß sich am Neujahrsmorgen um sieben Uhr alleine auf unserem Flur auf meinem Hosenboden, schaute einer kleinen dreibeinigen Katze beim Fressen zu und versuchte, mich gedanklich mit dieser Situation auseinanderzusetzen. Doch dieses kleine, quirlige Wesen ließ kein Nachdenken zu. Sie unterbrach immer wieder ihr Fressen, eilte zu mir, miaute, schnurrte und schmuste mit einer Inbrunst, die mich fast zu Tränen rührte.

Durch das fehlende unterste Glied des rechten Hinterlaufs wirkten ihre Bewegungen etwas hektisch und unbeholfen, wobei sie nur dann Schmerzen zu haben schien, wenn sie in ihrer Aufregung vergaß, dass ihr ein Bein fehlte und sie mit dem Stumpf den Boden berührte.

Es dauerte nicht lange, und die Kinder bekamen mit, dass da im Flur etwas ablief. Meine beiden jüngsten kamen, noch ziemlich verschlafen und waren von dem „Neuzugang" sofort begeistert.

„Wow, ist die süß, wo hast du die denn her?", fragten beide fast gleichzeitig.

Die kleine Katze sauste auf die Kinder zu und umschlängelte liebevoll ihre Beine.

„Die hat Hans-Günther mitgebracht", sagte ich noch ohne Stolz.

„Klasse gemacht, Günni-Honey", lobten die Kinder.

Da wir alle noch nicht ausgeschlafen hatten, beschlossen wir, die neue Situation noch einmal im Bett in Ruhe zu überdenken. Die kleine graue Katze marschierte, als sei es das Selbstverständlichste der Welt, hinter uns her, und so lag ich wenig später mit zwei aufgeregten Kindern und einer dreibeinigen Katze in meinem Bett. Aufkommende Gedanken an Flöhe, Zecken und sonstiges Ungeziefer von unserer Besucherin verdrängte ich lieber.

An Schlaf war nicht zu denken.

„Wo kommt sie bloß her, wie hat sie das Bein verloren, wie soll sie heißen und können wir sie nicht behalten?" Die Kinder schnatterten immer weiter, und die Dreibeinige untermalte das Ganze mit einem enorm lauten Schnurren und Miauen, als wollte sie an den Überlegungen der Kinder teilnehmen.

Um Ruhe in den frühen Morgen zu bekommen, machte ich den Kindern den Vorschlag, dass wir der Katze einen eigenen Futterplatz einrichten und sie so lange behalten würden, bis der Besitzer gefunden ist – und lieferte ihnen damit neue Stichworte. Die lautstarken Kommentare der Kinder weckten schließlich auch meinen Mann, der bisher in seinem Bett neben uns friedlich vor sich hin geschnarcht hatte. Als wir ihn in knappen Worten informierten, schaute er mich nur ungläubig an, als wollte er fragen, ob das jetzt ein Witz sei. Mein Blick muss wohl alles gesagt haben, denn er nickte nur und drehte sich noch mal im Bett um.

In den nächsten Tagen beobachteten wir interessiert, wie sich die beiden Katzen zueinander verhielten. Sie begrüßten sich öfter mit Kopfstüber und fraßen Seite an Seite, ohne Ansatz von Futterneid. Sie verließen gemeinsam das Haus, um ihre Runden zu drehen, wobei „Hans-Günther" jedes Mal schneller zurück war als die kleine Graue. Dass er der Chef war, war offensichtlich: Die Kleine ließ ihm immer den Vortritt, wenn es um die Lieblingsplätze im Haus ging, und sie drückte sich platt auf den Boden, wenn sie etwas gemacht hatte, was „Hans-Günther" offenbar missfallen hatte.

Bei der Suche nach einem passenden Namen für sie landeten einigten wir uns auf „Beinchen", einen auf jeden Fall zutreffenden Namen, den die Katze sehr schnell akzeptierte.

Der Engel der Tiere

Ein Weihnachtsmärchen von *Angela Wegmann*

Draußen fiel der Schnee in dicken Flocken, die wie Ballerinas durch die Luft wirbelten, um dann ihr weißen Röckchen auszubreiten und sich leise niederzulassen. Der Wald rings um das kleine Haus hatte schwer an ihrer Last zu tragen, aber er hielt geduldig still, denn er war müde vom lauten, geschäftigen Treiben des Sommers. Nun hatten sich die meisten Tiere zurückgezogen und nur noch selten bahnte sich ein Mensch seinen Weg durch den hohen Schnee. Jetzt musste der Wald sein Festkleid anlegen. Er wusste, dass die stille Zeit der Vorbereitung gekommen war, die Zeit, in der eine unendliche Ruhe ihn durchdringen wird, aber auch die Zeit, in der etwas Besonderes geschehen wird.

Der Kamin des Hauses rauchte schon lange nicht mehr und in dem Zimmer war es kalt geworden. Der alte Mann saß ganz ruhig in seinem Ohrensessel, den leblosen Körper leicht nach vorne geneigt, so als schliefe er nur. Seine knochigen Hände lagen auf der verwaschenen alten Decke, in die er sich eingewickelt hatte. Seine schlaffen Füße steckten in groben Filzpantoffeln. In der Hand hielt der Mann eine bunte Weihnachtspostkarte, die ihm sein Sohn geschickt hatte. Vom letzten Skiurlaub war da die Rede und von einem neuen Auto. „Deine Dich liebenden Kinder", stand in hastig hingeworfenen Buchstaben am Schluss. Und darunter noch kleiner geschrieben: „Kommen Dich bald besuchen."

Zu Füßen des Mannes lag ein weißer Spitz, den Kopf auf die Filzpantoffeln gestützt. Er liebte den Geruch dieser alten Schuhe. Wann immer er konnte, bemächtigte er sich ihrer und hütete sie eifersüchtig wie einen Schatz. Unter dem Tisch, am anderen Ende des kleinen Raumes, schlief ein nicht sehr schöner, mittelgroßer, brauner Mischling, der wegen seiner Ohrenstellung allgemein nur „Schlappohr" genannt wurde. Ein großer, gelber Kater, dem man ansah, dass er schon so manch ein Katzenabenteuer hinter sich haben musste, und ein kleines getigertes Kätzchen dösten auf dem zerschlissenen Sofa vor sich hin. Nur die Krähe hüpfte in ihrem Käfig nervös von einer Stange zur anderen. Die Tür zu ihrem Käfig stand wie immer offen, aber sie weigerte sich, auch nur einen Flügelschlag außerhalb ihrer Behausung zu tun, denn sie traute den beiden Katzen nicht, die ihr manchmal gefährlich lüsterne Blicke zuwarfen. Die Krähe lebte noch nicht lange in dem kleinen Haus. Als der alte Mann sie gefunden hatte, waren ihre beiden Flügel gebrochen. Auch jetzt konnte sie nur sehr unbeholfen fliegen.

Über Mensch und Tier lag nicht die heitere, erwartungsvolle Stille, die der Wald atmete, sondern eher eine lähmende, traurige Leere, die keine Zukunft und keine Hoffnung kennt.

„Sagt mal, kennt ihr eigentlich die Geschichte vom Engel der Tiere?"

Die anderen hoben träge ihre Köpfe und schauten zu dem Spitz hinüber, der mit seiner Frage die bleierne Ruhe des Nachmittags durchbrochen hatte.

„Von welchem Engel?", fragte der Mischling.

„Vom Engel der Tiere", wiederholte der Weiße.

Schlappohr lag da, den Kopf auf die Pfoten gelegt. Auf

seiner breiten Stirn bildeten sich dicke Falten, wie immer, wenn er angestrengt überlegte.

„Nee", sagte er schließlich, gähnte und schickte sich an, wieder in den Dämmerzustand zu verfallen, in dem er den größten Teil des Tages verbrachte.

„Na, wenn es euch nicht interessiert", sprach der Weiße und schleckte beleidigt seine Pfoten ab.

„Was ist denn mit diesem Engel", wollte da aber das kleine getigerte Kätzchen wissen, das bis jetzt zusammengerollt auf seinem Platz gelegen hatte, denn wie alle Katzen war es sehr neugierig. Der Weiße, froh, dass jemand seine Geschichte hören wollte – denn er stand gerne im Mittelpunkt –, blickte zu dem Kätzchen hinüber und fing mit bedeutungsvoller Miene zu erzählen an.

„Also. Die Geschichte ist sehr alt. Mein Großvater hat sie mir einst erzählt, und der weiß sie wieder von seinem Großvater, der sie wiederum von einem sehr alten Hund erfahren hat. – Es soll sich zugetragen haben zur Zeit, als Maria und Josef auf der Suche nach einer Herberge vergeblich von Haus zu Haus gezogen sind. Überall wurden sie ob ihrer Armut abgewiesen. Niemand hatte ein kleines Plätzchen für sie frei. Es war bitterkalt und Maria stand kurz vor ihrer Niederkunft. So gingen sie also aus der Stadt und fanden schließlich Unterschlupf in einem Stall, der sie wenigstens vor den ärgsten Unbillen des Wetters schützte. Die Tiere im Stall störten sich nicht an der Armut der beiden. Sie gaben bereitwillig von ihrem Stroh ab und wärmten Maria mit ihren Körpern. Als dann die Zeit gekommen war, mussten sie auch nicht, als Josef die Futterkrippe leerte und Stroh hineintat, um dem Kind ein Bett zu bereiten. Der Heiland war geboren. Und nicht Menschen, sondern Tiere waren die Ersten, die in leiser

Andacht die Köpfe vor dem Neugeborenen senkten, denn auch sie spürten, dass das kein gewöhnliches Menschenkind sein konnte, das da in stiller Duldsamkeit, so als wisse es um sein schweres Los, in der Krippe lag. Gott aber segnete die Tiere des Stalles. Und von diesem Tag an schickte er jedes Jahr zu Weihnachten einen Engel aus, der armen Tieren helfen soll. – Den Engel der Tiere."

Hier schloss der Spitz und blickte in die Runde. Schlappohr und der gelbe Kater hatten sich erhoben und schauten angespannt lauschend zu Weißfell herüber.

„Ah", seufzte das Kätzchen und begann, sich selbstvergessen das Fell zu putzen.

„Märchen, nichts als Märchen", krächzte die ewig kritische Krähe.

Zustimmendes Gemurmel vonseiten des gelben Katers und Schlappohrs. Bald schickte sich jeder wieder an, seinen eigenen Gedanken nachzuhängen.

„Und wenn es ihn nun aber doch gibt?", meldete sich da schüchtern das kleine Kätzchen, und seine Schnurrhaare zitterten vor Aufregung. „Heute ist doch die Heilige Nacht." Es schloss die Augen und betete inbrünstig: „Oh, lieber Gott, mach, dass der Engel zu uns kommt. Mach, dass wir bei unserem geliebten Menschen bleiben können. Mach, dass wir nicht weggehen müssen."

„Märchen, dumme, alberne Märchen", wiederholte die Krähe und funkelte das Kätzchen feindselig an.

„Ich dachte ja nur, dass vielleicht …"

„Es gibt keinen Engel der Tiere", unterbrach es die Krähe gereizt. „Ich habe noch nie etwas von ihm gehört. Verstehst du. Es gibt diesen Engel nicht. Für uns nicht und auch für andere nicht. Er existiert einfach nicht." Erregt hüpfte die Krähe in ihrem Käfig hin und her, wobei sie wie zur Bekräftigung ihrer Aussage immer wieder mit dem Kopf nickte und vor sich hin zischte. „Nein, es gibt ihn nicht. Er existiert nicht."

Der große gelbe Kater setzte sich auf, gähnte, kratzte sich am Ohr und sagte traurig: „Die Krähe hat recht. Ich habe auch noch nie etwas von einem Engel der Tiere gehört." Er seufzte, drehte sich einmal um sich selbst und ließ sich wieder auf seinem Kissen nieder.

Die Krähe hatte sich inzwischen beruhigt. Sie saß nun unbeweglich in einem Eckchen ihres Käfigs und starrte resigniert vor sich hin. Der Spitz schlief schon längst wieder, den Kopf auf den Pantoffeln seines Herrn. Nur das Kätzchen saß noch da und blickte sehnsüchtig träumend auf den alten Mann, der bewegungslos in seinem Stuhl saß. Er hatte die Augen geschlossen, so als ob er nur schliefe.

Ganz leise, fast unhörbar, sagte das Kätzchen: „Und wenn es ihn aber doch gibt?"

Draußen war es inzwischen dunkel geworden. Es hatte zu schneien aufgehört und der Wald ahnte, dass es nun nicht mehr lange dauern würde, denn der Wald ist alt. Er ist älter als die Menschen und die Tiere, und er weiß um die Geheimnisse zwischen Himmel und Erde. Auch in dem kleinen Haus war es dunkel geworden. Es gab niemanden mehr, der ein Licht hätte anzünden können. In weiter Ferne läuteten Kirchenglocken die Heilige Nacht ein.

Das Kätzchen war auf das Fensterbrett gesprungen und blickte in die sternenklare Nacht, als ob es etwas suchte. Plötzlich spannte sich sein kleiner Körper und es fing vor Erregung zu zittern an.

„Er kommt!", rief es außer sich vor Freude. „Er kommt tatsächlich. Er kommt zu uns. Seht nur, seht."

Aufgeschreckt aus ihrem Schlaf hoben die anderen Tiere träge die Köpfe, und da konnten sie schon den hellen Lichtschein sehen, der langsam das ganze Zimmer erfüllte.

Der alte Mann saß noch immer still da, aber etwas hatte sich in seiner Haltung verändert. Und als sich die Tür öffnete und das Licht den ganzen Raum in strahlenden Glanz tauchte, erhob sich der Geist seines alten, abgemergelten Körpers leicht und mühelos, so als ob die Last der Jahre von ihm abgefallen wäre. Langsam, als schwebe er, ging er auf die offene Tür zu und folgte dem hellen Licht. Und das Licht ließ seine gebrochenen Augen wieder leuchten. Bei der Tür angekommen blieb er stehen und blickte sich lächelnd nach den Tieren um. Da war der Bann gebrochen, der die Tiere hatte erstarren lassen. Langsam, ganz langsam erhoben sie sich und folgten dem alten Mann, der inzwischen durch die Tür in die Nacht hinausgegangen war. Sogar die ängstliche Krähe wagte sich aus ihrem Käfig. In den Herzen der Tiere waren eine unbeschreibliche Freude und eine warme Stille. Sie mussten nicht alleine zurückbleiben. – Und die Bäume des Waldes neigten ehrfürchtig ihre Äste, als die stille Prozession an ihnen vorüber gen Himmel glitt. Der Wald war alt und er kannte die Geheimnisse.

Eine Woche war vergangen, als sich ein Auto schnaufend und prustend den Weg durch den tiefen Schnee auf der Straße bahnte, die zu dem kleinen Haus führte. Es war ein sehr schönes Auto, neu und auf Hochglanz poliert. Vor dem Haus angekommen hielt das Auto. Ein Mann, eine Frau und zwei Kinder stiegen aus. Der Mann hatte ein Paket unter dem Arm geklemmt, um das eine große

Schleife gebunden war. Die Frau klopfte an die Tür, aber es öffnete niemand. Da zuckten der Mann und die Frau mit den Achseln und meinten, der Opa sei wohl über Weihnachten ins Dorf gezogen. Der Mann verstaute das Geschenk, eine neue Decke für den Opa, seine Frau und die Kinder wieder in dem neuen, schönen Auto und fuhr ab.

Drinnen saß der alte Mann in seinem Sessel, die Postkarte noch immer in seiner Hand. Um ihn herum lagen die kalten Körper seiner Tiere. Sie lagen da, als schliefen sie, ganz ruhig und friedlich. Der alte Mann lächelte und auch die Tiere schienen zu lächeln. Und nur der Wald wusste um ihr Geheimnis.

Literaturhinweis:

„Wirklich clever, dieser Weihnachtsmann" von Charlotte Link aus: Endlich war wieder Weihnachten. Zürich: Diana Verlag 1989
© 1989 by Charlotte Link und AVA-Autoren- und Verlags-Agentur GmbH, München

„Gottesfriede" von Selma Lagerlöf
(c) 1967 by Nymphenburger Verlagshandlung.
Mit freundlicher Genehmigung der F. A. Herbig Verlags-buchhandlung GmbH,
München
Übersetzung aus dem Schwedischen von Carola von Crailsheim

„Futter für den Weihnachtsmann" von Andrea Schacht aus:
Andrea Schacht: Die Katze, die im Christbaum saß. Weih-nachtsgeschichten
© Aufbau Verlagsgruppe GmbH, Berlin 2004
(die Originalausgabe erschien 2004 im Aufbau Taschen-buch Verlag; Aufbau Taschenbuch ist eine Marke der Aufbau Verlagsgruppe GmbH)

Auf ausdrücklichen Wunsch wurde in diesen Geschichten die alte Rechtschreibung beibehalten!